读·香山書院

西游記

·插图版·

第五册

〔明〕吴承恩·著

吉林出版集团有限责任公司

拯救驼罗禅性稳

行者与八戒，一齐赶来，忽闻得污秽之气旭人，乃是七绝山稀柿同也。八戒道：『是那家淘毛厕哩！哏！臭气难闻！』行者侮着鼻子，只叫：『快快赶妖精！快快赶妖精！』那怪物撺过山去，现了本象，乃是一条红鳞大蟒。

第六十七回　拯救驼罗禅性稳　脱离秽污道心清

话说三藏四众，躲离了小西天，欣然上路。行经个月程途，正是春深花放之时，见了几处园林皆绿暗，一番风雨又黄昏。三藏勒马道：『徒弟啊，天色晚矣，往那条路上求宿去？』行者笑道：『师父放心。若是没有借宿处，我三人都有些本事，叫八戒砍草，沙和尚扳松，老孙会做木匠，就在这路上搭个蓬庵，好道也住得年把。你忙怎的！』八戒道：『哥呀，这个所在，岂是住场！满山多虎豹狼虫，遍地有魑魅魍魉。白日里尚且难行，黑夜里怎生敢宿？』行者道：『呆子！越发不长进了！不是老孙海口，只这条棒子，揝在手里，就是塌下天来，也撑得住！』

师徒们正然讲论，忽见一座山庄不远。行者道：『好了！有宿处了！』长老问：『在何处？』行者指道：『那树丛里不是个人家？我们去借宿一宵，明早走路。』

长老欣然促马，至庄门外下马。只见那柴扉紧闭。长老敲门道：『开门，开门。』里面有一老者，手拖藜杖，足踏蒲鞋，头顶乌巾，身穿素服，开了门，便问：『是甚人在此大呼小叫？』三藏合掌当胸，躬身施礼道：『老施主，贫僧乃东土差往西天取经者。适到贵地天晚，特造尊府假宿一宵。万望方便方便。』老者道：『和尚，你要西行，却是去不得啊。此处乃小西天。若到大西天，路途甚远。且休道前去艰难，只这个地方，已此难过。』三藏问：『怎么难过？』老者用手指道：『我这庄村西去三十余里，有一条稀柿衕，山名七绝。』三藏道：『何为「七绝」？』老者道：『这山径过有八百里，满山尽是柿果。古云：「柿树有七绝：一，益寿；二，多阴；三，无鸟巢；四，无虫；五，霜叶可玩；六，嘉实；七，枝叶肥大。」故名七绝山。我这敝处地阔人稀，那深山亘古无人走到。每年家熟烂柿子落在路上，将一条夹石胡同，尽皆填满，又被雨露雪霜，经霉过夏，作成一路污秽。这方人家，俗呼为稀屎衕。但刮西风，有一股秽气，就是淘东圊也不似这般恶臭。如今正值春深，东南风大作，所以还不闻见也。』三藏心中烦闷不言。

行者忍不住，高叫道：『你这老儿甚不通便！我等远来投宿，你就说出这许多话来唬人！十分你家窄逼没处睡，我等在此树下蹲一蹲，也就过了此宵，何故这般絮聒？』那老者见了他相貌丑陋，便也拧住口，惊嚗嚗的，硬着胆，喝了一声，用藜杖指定道：『你这厮，骨挝脸，磕额头，塌鼻子，凹颉腮，毛眼毛睛，痨病鬼，不知高低，尖着个嘴，敢来冲撞我老人家！』行者陪笑道：『老官儿，你原来有眼无珠，不识我这痨病鬼哩！相法云：「形容古怪，石中有美玉之藏。」你若以言貌取人，干净差了。我虽丑便丑，却倒有些手段。』老者道：『你是那方人氏？姓甚名谁？有何手段？』行者笑道：『我

祖居东胜大神洲，花果山前自幼修。身拜灵台方寸祖，学成武艺甚全周：也能搅海降龙母，善会担山赶日

头；缚怪擒魔称第一，移星换斗鬼神愁。偷天转地英名大，我是变化无穷美石猴！』

老者闻言，回嗔作喜，躬着身，便教：『请！请入寒舍安置。』

遂此，四众牵马挑担，一齐进去。只见那荆针棘刺，铺设两边；二层门是砖石垒的墙壁，又是荆棘苫盖；入里才是三间瓦房。老者便扯椅安坐待茶，又叫办饭。少顷，移过桌子，摆着许多面筋豆腐、芋苗萝白、辣芥蔓菁、香稻米饭，醋烧葵汤，师徒们尽饱一餐。吃毕，八戒扯过行者，背云：『师兄，这老儿始初不肯留宿，今返设此盛斋，何也？』行者道：『这个能值多少钱！到明日，还要他十果十菜的送我们哩！』八戒道：『不羞！凭你那几句大话，哄他一顿饭吃了，明日却要跑路，他又管待送你怎的？』行者道：『不要忙，我自有个处治。』

不多时，渐渐黄昏，老者又叫掌灯。行者躬身问道：『公公高姓？』老者道：『姓李。』行者道：『贵地想就是李家庄？』老者道：『不是，这里唤做驼罗庄，共有五百多人家居住。别姓俱多，惟我姓李。』行者道：『李施主，府上有何善意，赐我等盛斋？』那老者起身道：『才闻得你说会拿妖怪，我这里却有个妖怪，累你替我们拿拿，自有重谢。』行者就朝上唱个喏道：『承照顾了！』八戒道：『你看他惹祸！听见说拿妖怪，就是他外公也不这般亲热，预先就唱个喏！』行者道：『贤弟，你不知。我唱个喏就是下了个定钱，他再不去请别人了。』

三藏闻言道：『这猴儿凡事便要自专。倘或那妖精神通广大，你拿他不住，可不是我出家人打诳语么？』行者笑道：『师父莫怪，等我再问了看。』那老者道：『还问甚？』行者道：『你这贵处，地势清平，又许多人家居住，更不是偏僻之方，有甚么妖精，敢上你这高门大户？』老者道：『实不瞒你说。我这里久矣康宁。只这三年六月间，忽然一阵风起，那时人家甚忙，打麦的在场上，插秧的在田里，俱着了慌，只说是天变了。谁知风过处，有个妖精，将人家牧放的牛马吃了，猪羊吃了，见鸡鹅囫囵咽，遇男女夹活吞。自从那次，这二年常来伤害。长老啊，你若有手段，拿了他，扫净此土，我等决然重谢，不敢轻慢。』行者道：『这个却是难拿。』八戒道：『真是难拿，难拿！我们乃行脚僧，借宿一宵，明日走路，拿甚么妖精！』老者道：『你原来是骗饭吃的和尚！初见时夸口弄舌，说会换斗移星，降妖缚怪，及说起此事，就推却难拿！』

行者道：『老儿，妖精好拿；只是你这方人家不齐心，所以难拿。』老者道：『怎见得人心不齐？』行者道：『妖精搅扰了三年，也不知伤害了多少生灵。我想着每家只出银一两，五百家可凑五百两银子，不拘到那里，也寻一个法官把妖拿了，却怎么就甘受他三年磨折？』老者道：『若论说使钱，好道也羞杀人！我们那家不花费三五两银子！前年曾访着山南里有个和尚，请他到此拿妖，未曾得胜。』行者道：『那和尚怎的拿来？』老者道：

『那个僧伽，披领袈裟。先谈《孔雀》，后念《法华》。香焚炉内，手把铃拿。正然念处，惊动妖邪。风生云起，径至庄家。僧和怪斗，其实堪夸：一递一拳捣，一递一把抓。和尚还相应，相应没头发。须臾妖怪胜，径直返烟霞。原来晒干疤。我等近前看，光头打的似个烂西瓜！』

行者笑道：『这等说，吃了亏也。』老者道：『他只拚得一命，还是我们吃亏：与他买棺木殡葬，又把些银子与他徒弟。那徒弟心还不歇，至今还要告状，不得干净！』

行者道：『再可曾请甚么人拿他？』老者道：『旧年又请了一个道士。』行者道：『那道士怎么拿他？』老者道：『那道士：

头戴金冠，身穿法衣。令牌敲响，符水施为。驱神使将，拘到妖魑。狂风滚滚，黑雾迷迷。即与道士，两个相持。斗到天晚，怪返云霓。乾坤清朗朗，我等众人齐。出来寻道士，渰死在山溪。捞得上来大家看，却如一个落汤鸡！』

行者笑道：『这等说，也吃亏了。』老者道：『他也只舍得一命，我们又使够闷数钱粮。』行者道：『不打紧，不打紧，等我替你拿他来。』老者道：『你若果有手段拿得他，我请几个本庄长者与你写个文书：若得胜，凭你要多少银子相谢，半分不少；如若有亏，切莫和我等放赖，各听天命。』行者笑道：『这老儿被人赖怕了。我等不是那样人。快请长者去。』

那老者满心欢喜，即命家僮，请几个左邻、右舍、表弟、姨兄、亲家、朋友，共有八九位老者，都来相见。会了唐僧，言及拿妖一事，无不欣然。众老问：『是那一位高徒去拿？』行者叉手道：『是我小和尚。』众老悚然道：『不济，不济！那妖精神通广大，身体狼犺。你这个长老，瘦瘦小小，还不够他填牙齿缝哩！』行者笑道：『老官儿，你估不出人来。我小自小，结实，都是「吃了磨刀水的，秀气在内」哩！』众老见说，只得依从道：『长老，拿

拯救驼罗禅性稳
脱离秽污道心清

那老者满心欢喜，即命家僮，请几个左邻、右舍、表弟、姨兄、亲家、朋友，共有八九位老者，都来相见。会了唐僧，言及拿妖一事，无不欣然。众老问：『是那一位高徒去拿？』行者叉手道：『是我小和尚。』

住妖精，你要多少谢礼？』行者道：『何必说要甚么谢礼！俗语云：「说金子幌眼，说银子傻白，说铜钱腥气！」我等乃积德的和尚，决不要钱。』众老道：『既如此说，都是受戒的高僧。既不要钱，岂有空劳之理！我等各家俱以鱼田为活。若果降了妖孽，净了地方，我等每家送你两亩良田，共凑一千亩，坐落一处，你师徒们在上起盖寺院，打坐参禅，强似方上云游。』行者又笑道：『越不停当！但说要了田，就要养马当差，纳粮办草，黄昏不得睡，五鼓不得眠。好倒弄杀人也！』众老道：『诸般不要，却将何谢？』行者道：『我出家人，但只是一茶一饭，便是谢了。』众老喜道：『这个容易。但不知你怎么拿他。』行者道：『他但来，我就拿住他。』众老道：『那怪大着哩！上拄天，下拄地；来时风，去时雾。你却怎生近得他？』行者笑道：『若论呼风驾雾的妖精，我把他当孙子罢了；若说身体长大，有那手段打他！』

正讲处，只听得呼呼风响，慌得那八九个老者，战战兢兢道：『这和尚盐酱口！说妖精，妖精就来了！』那老李开了腰门，把几个亲戚，连唐僧，都叫：『进来，进来！妖怪来了！』唬得那八戒也要进去，沙僧也要进去。行者两只手扯住两个道：『你们忒不循理！出家人，怎么不分内外！站住，不要走！跟我去天井里，看看是个甚么妖精！』八戒道：『哥啊，他们都是经过帐的，风响便是妖来。他都去躲，我们又不与他有亲，又不相识，又不是交契故人，看他做甚？』原来行者力量大，不容说，一把拉在天井里站下。那阵风越发大了。好风：

倒树摧林狼虎忧，播江搅海鬼神愁。
掀翻华岳三峰石，提起乾坤四部洲。
村舍人家皆闭户，满庄儿女尽藏头。
黑云漠漠遮星汉，灯火无光遍地幽。

慌得那八戒战战兢兢，伏之于地，把嘴拱开土，埋在地下，却如钉了钉一般。沙僧蒙着头脸，眼也难睁。

行者闻风认怪，一霎时，风头过处，只见那半空中隐隐的两盏灯来，即低头叫道：『兄弟们！风过了，起来看！』那呆子扯出嘴来，抖抖灰土，仰着脸，朝天一望，见有两盏灯光，忽失声笑道：『好耍子，好耍子！原来是个有行止的妖精！该和他做朋友！』沙僧道：『这般黑夜，又不曾觌面相逢，怎么就知好歹？』八戒道：『古人云：「夜行以烛，无烛则止。」你看他打一对灯笼引路，必定是个好的。』沙僧道：『你错看了。那不是一对灯笼，是妖精的两只眼亮。』这呆子就唬矮了三寸，道：『爷爷呀！眼有这般大啊，不知口有多少大哩！』行者道：『贤弟莫怕。你两个护持着师父，待老孙上去讨他个口气，看他是甚妖精。』八戒道：『哥哥，不要供出我们来。』

好行者，纵身打个唿哨，跳到空中。执铁棒，厉声高叫道：『慢来，慢来！有吾在此！』那怪见了，挺住身躯，将一根长枪乱舞。行者执了棍势，问道：『你是那方妖怪？何处精灵？』那怪更不答应，只是舞枪。行者又问，又不答，只是舞枪。行者暗笑道：『好是耳聋口哑！不要走，看棍！』那怪更不怕，乱舞枪遮拦。在那半空中，一来一往，一上一下，斗到三更时分，未见胜败。八戒、沙僧，在李家天井里，看得明白。原来那怪只是舞枪遮架，更无半分儿攻杀。行者一条棒不离那怪的头上。八戒笑道：『沙僧，你在这里护持，让老猪去帮打帮打，莫教那猴子独干这功，领头一钟酒。』

好呆子，就跳起云头，赶上就筑。那怪物又使一条枪抵住。两条枪，就如飞蛇掣电。八戒夸奖道：『这妖精好枪法！不是「山后枪」，乃是「缠丝枪」；也不是「马家枪」，却叫做个「软柄枪」！』行者道：『呆子莫胡谈！那里有个甚么「软柄枪」！』八戒道：『你看他使出枪尖来架住我们，不见枪柄，不知收在何处。』行者道：『或者是个「软柄枪」；但这怪物还不会说话，想是还未归人道，阴气还重。只怕天明时阳气胜，他必要走。但走时，一定赶上，不可放他。』八戒道：『正是，正是！』

又斗多时，不觉东方发白。那怪不敢恋战，回头就走。行者与八戒，一齐赶来，忽闻得污秽之气旭人，乃是七绝山稀柿同也。八戒道：『是那家淘毛厕哩！哏！臭气难闻！』行者侮着鼻子，只叫：『快快赶妖精！快快赶妖精！』那怪物撺过山去，现了本象，乃是一条红鳞大蟒。你看他：

眼射晓星，鼻喷朝雾。密密牙排钢剑，弯弯爪曲金钩。头戴一条肉角，好便似千千块玛瑙攒成；身披一派红鳞，却就如万万片胭脂砌就。盘地只疑为锦被，飞空错认作虹霓。歇卧处有腥气冲天，行动时有赤云罩体。大不大，两边人不见东西；长不长，一座山跨占南北。

八戒道：『原来是这般一个长蛇！若要吃人啊，一顿也得五百个，还不饱足！』行者道：『那软柄枪乃是两条信㮗。我们赶他软了，从后打出去！』

这八戒纵身赶上，将钯便筑。那怪物一头钻进窟里，还有七八尺长尾巴丢在外边。八戒放下钯，一把挝住道：『着手！着手！』尽力气往外乱扯，莫想扯得动一毫。行者笑道：『呆子！放他进去，自有处置，不要这等倒扯蛇。』八戒真个撒了手，那怪缩进去了。八戒怨道：『才不放手时，半截子已是我们的了！是这般缩了，却怎么得他出来？这不是叫做没蛇弄了？』行者道：『这厮身体狼犺，窟穴窄小，断然转身不得，一定是个照直撺的，定有个后门出头。你快去后门外拦住，等我在前门外打。』

那呆子真个一溜烟，跑过山去。果见有个孔窟，他就扎定脚。还不曾站稳，不期行者在前门外使棍子往里一捣，那怪物护疼，径往后门撺出。八戒未曾防备，被他一尾巴打了一跌，莫能挣挫得起，睡在地下忍疼。行者见窟中无物，搴着棍，穿进去叫赶妖怪。那八戒听得吆喝，自己害羞，忍着疼，爬起来，使钯乱扑。行者见了，笑道：『妖怪走了，你还扑甚的了？』八戒道：『老猪在此「打草惊蛇」哩！』行者道：『活呆子！快赶上！』

二人赶过涧去，见那怪盘做一团，竖起头来，张开巨口，要吞八戒。八戒慌得往后便退。这行者反迎上前，被他一口吞之。八戒捶胸跌脚，大叫道：『哥耶！倾了你也！』行者在妖精肚里，支着铁棒道：『八戒莫愁，我叫他搭个桥儿你看！』那怪物躬起腰来，就似一道路东虹。八戒道：『虽是像桥，只是没人敢走。』行者道：『我再叫他变做个船儿你看！』在肚里将铁棒撑着肚皮。那怪物肚皮贴地，翘起头来，就似一只赣保船。八戒道：『虽是像船，只是没有桅篷，不好使风。』行者道：『你让开路，等我叫他使个风你看。』又在里面尽着力把铁棒从脊背上一搠将出去，约有五七丈长，就似一根桅杆。那厮忍疼挣命，往前一撺，比使风更快，撺回旧路，下了山，有二十余里，却才倒在尘埃，动荡不得，呜呼丧矣。八戒随后赶上来，又举钯乱筑。行者把那物穿了一个大洞，钻将出来道：『呆子！他死也死了，你还筑他怎的？』八戒道：『哥啊，你不知我老猪一生好打死蛇？』遂此收了兵器，抓着尾巴，倒拉将来。

却说那驼罗庄上李老儿与众等，对唐僧道：『你那两个徒弟，一夜不回，断然倾了命也。』三藏道：『决不妨事。我们出去看看。』须臾间，只见行者与八戒拖着一条大蟒，吆吆喝喝前来，众人却才欢喜。满庄上老幼男女，都来跪拜道：『爷爷！正是这个妖精，在此伤人！今幸老爷施法，斩怪除邪，我辈庶各得安生也！』众家都是感激，东请西邀，各各酬谢。师徒们被留住五七日，苦辞无奈，方肯放行。又各家见他不要钱物，都办些干粮果品，骑骡压马，花红彩旗，尽来饯行。此处五百人家，到有七八百人相送。

一路上喜喜欢欢，不时到了七绝山稀柿同口。三藏闻得那般恶秽，又见路道填塞，道：『悟空，似此怎生度得？』行者侮着鼻子道：『这个却难也。』三藏见行者说难，便就眼中垂泪。李老儿与众上前道：『老爷勿得心焦。

我等送到此处，都已约定意思了。令高徒与我们降了妖精，除了一庄祸害，我们各办虔心，另开一条好路，送老爷过去。』行者笑道：『你这老儿，俱言之欠当。你初然说这山径过有八百里，你等又不是大禹的神兵，那里会开山凿路！若要我师父过去，还得我们着力，你们都成不得。』三藏下马，道：『悟空，怎生着力么！』行者笑道：『眼下就要过山，却也是难；若说再开条路，却又难也。须是还从旧胡同过去。只恐无人管饭。』李老儿道：『长老说那里话！凭你四位担搁多少时，我等俱养得起，怎么说无人管饭！』行者道：『既如此，你们去办得两石米的干饭，再做些蒸饼馍馍来。等我那长嘴和尚吃饱了，变了大猪，拱开旧路，我师父骑在马上，我等扶持着，管情过去了。』

八戒闻言，道：『哥哥，你们都要图个干净，怎么独教老猪出臭？』三藏道：『悟能，你果有本事拱开衚衕，领我过山，注你这场头功。』八戒笑道：『师父在上，列位施主们都在此，休笑话。我老猪本来有三十六般变化。若说变轻巧华丽飞腾之物，委实不能；若说变山，变树，变石块，变土墩，变赖象、科猪、水牛、骆驼，真个全会。只是身体变得大，肚肠越发大。须是吃得饱了，才好干事。』众人道：『有东西，有东西！我们都带得有干粮、果品、烧饼、馉饳在此。原要开山相送的。且都拿出来，凭你受用。待变化了，行动之时，我们再着人回去做饭送来。』八戒满心欢喜，脱了皂直裰，丢了九齿钯，对众道：『休笑话，看老猪干这场臭功。』

好呆子，捻着诀，摇身一变，果然变做一个大猪。真个是：

嘴长毛短半脂膘，自幼山中食药苗。黑面环睛如日月，圆头大耳似芭蕉。修成坚骨同天寿，炼就粗皮比铁牢。齆齆鼻音呱诂叫，喳喳喉响喷喁哮。白蹄四只高千尺，剑鬣长身百丈饶。从见人间肥豕彘，未观今日老猪魈。唐僧等众齐称赞，羡美天蓬法力高。

孙行者见八戒变得如此，即命那些相送人等，快将干粮等物推攒一处，叫八戒受用。那呆子不分生熟，一涝食之，却上前拱路。

行者叫沙僧脱了脚，好生挑担，请师父稳坐雕鞍。他也脱了革翁鞋，吩咐众人回去：『若有情，快早送些饭来与我师弟接力。』

那些人有七八百相送随行，多一半有骡马的，飞星回庄做饭；还有三百人步行的，立于山下遥望他行。原来此庄至山，有三十余里；待回取饭来，又三十余里；往回担搁，约有百里之遥，他师徒们已此去得远了。众人不舍，催趱骡马，进胡同，连夜赶至，次日方才赶上。叫道：『取经的老爷，慢行，慢行！我等送饭来也！』长老闻言，谢之不尽，道：『真是善信之人！』叫八戒住了，再吃些饭食壮神。那呆子拱了两日，正在饥饿之际。那许多人何止有七八石饭食。他也不论米饭、面饭，收积来一涝用之。饱餐一顿，却又上前拱路。三藏与行者、沙僧谢了众人，分手两

脱离秽污道心清

孙行者见八戒变得如此，即命那些相送人等，快将干粮等物推攒一处，叫八戒受用。那呆子不分生熟，一涝食之，却上前拱路。行者叫沙僧脱了脚，好生挑担，请师父稳坐雕鞍。他也脱了革翁鞋，吩咐众人回去：『若有情，快早送些饭来与我师弟接力。』

别。正是：

驼罗庄客回家去，八戒开山过同来。
三藏心诚神力拥，悟空法显怪魔衰。
千年稀柿今朝净，七绝胡同此日开。
六欲尘情皆剪绝，平安无阻拜莲台。

这一去不知还有多少路程，还遇甚么妖怪，且听下回分解。

朱紫国唐僧论前世

那国王又呻吟叹道：『诚乃是天朝大国，君正臣贤！似我寡人久病多时，并无一臣拯救。』长老听说，偷睛观看，见那皇帝面黄肌瘦，形脱神衰。长老正欲启问，有光禄寺官，奏请唐僧奉斋。王传旨，教：『在披香殿，连朕之膳摆下，与法师同享。』三藏谢了恩，与王同进膳进斋不题。

第六十八回　朱紫国唐僧论前世　孙行者施为三折肱

善正万缘收，名誉传扬四部洲。智慧光明登彼岸，飕飕，叆叆云生天际头。诸佛共相酬，永住瑶台万万秋。

打破人间蝴蝶梦，休休，涤净尘氛不惹愁。

话表三藏师徒，洗污秽之胡同，上遥道之道路，光阴迅速，又值炎天。正是：

海榴舒锦弹，荷叶绽青盘。

两路绿杨藏乳燕，行人避暑扇摇纨。

进前行处，忽见有一城池相近。三藏勒马叫：『徒弟们，你看那是甚么去处？』行者道：『师父原来不识字，亏你怎么领唐王旨意离朝也！』三藏道：『我自幼为僧，千经万典皆通，怎么说我不识字？』行者道：『既识字，怎么那城头上杏黄旗，明书三个大字，就不认得，却问是甚去处何也？』三藏喝道：『这泼猴胡说！那旗被风吹得乱摆，纵有字也看不明白！』行者道：『老孙偏怎看见？』八戒、沙僧道：『师父，莫听师兄捣鬼。这般遥望，城池尚不明白，如何就见是甚字号？』行者道：『却不是「朱紫国」三字？』三藏道：『朱紫国必是西邦王位，却要倒换关文。』行者道：『不消讲了。』

不多时，至城门下马，过桥，入进三层门里，真个好个皇州！但见：

门楼高耸，垛迭齐排。周围活水通流，南北高山相对。六街三市货资多，万户千家生意盛。果然是个帝王都会处，天府大京城。绝域梯航至，遐方玉帛盈。形胜连山远，宫垣接汉清。三关严锁钥，万古乐升平。

师徒们在那大街市上行时，但见人物轩昂，衣冠齐整，言语清朗，真不亚大唐世界。那两边做买做卖的，忽见猪八戒相貌丑陋，沙和尚面黑身长，孙行者脸毛额廓，丢了买卖，都来争看。三藏只叫：『不要撞祸，低着头走！』八戒遵依，把个把子嘴揣在怀里，沙僧不敢仰视；惟行者东张西望，紧随唐僧左右。那些人有知事的，看看儿就回去了。有那游手好闲的，并那顽童们，烘烘笑笑，都上前抛瓦丢砖，与八戒作戏。唐僧捏着一把汗，只教莫要生事，那呆子不敢抬头。

不多时，转过隅头，忽见一座门墙，上有『会同馆』三字。唐僧道：『徒弟，我们进这衙门去也。』行者道：『进去怎的？』唐僧道：『会同馆乃天下通会通同之所，我们也打搅得。且到里面歇下。待我见驾，倒换了关文，再赶出城走路。』八戒闻言，掣出嘴来，把那些随看的人，唬倒了数十个。他上前道：『师父说的是。我们且到里边藏下，免得这伙鸟人吵嚷。』遂进馆去。那些人方渐渐而退。

却说那馆中有两个大使，乃是一正一副，都在厅上查点人夫，要往那里接官，忽见唐僧来到，个个心惊，齐道：

『是甚么人，是甚么人？往那里走？』三藏合掌道：『贫僧乃东土大唐驾下，差往西天取经者。今到宝方，不敢私过，有关文欲倒验放行，权借高衙暂歇。』那两个馆使听言，屏退左右，一个个整冠束带，下厅迎上相见。即命打扫客房安歇，教办清素支应。三藏谢了。二官带领人夫，出厅而去。手下人请老爷客房安歇，三藏便走。行者恨道：『这厮惫心赖！怎么不让老孙在正厅？』三藏道：『他这里不服我大唐管属，又不与我国相连，况不时又有上司过客往来，所以不好留此相待。』行者道：『这等说，我偏要他相待！』

正说处，有管事的送支应来，乃是一盘白米、一盘白面、两把青菜、四块豆腐、两个面筋、一盘干笋、一盘木耳。三藏教徒弟收了，谢了管事的。管事的道：『西房里有干净锅灶，柴火方便，请自去做饭。』三藏道：『我问你一声，国王可在殿上么？』管事的道：『我万岁爷爷久不上朝，今日乃黄道良辰，正与文武多官议出黄榜。你若要倒换关文，趁此急去，还赶上；到明日，就不能够了，不知还有多少时伺候哩。』三藏道：『悟空，你们在此安排斋饭，等我急急去验了关文回来，吃了走路。』八戒急取出袈裟关文。三藏整束了进朝，只是吩咐徒弟们，切不可出外去生事。

不一时，已到五凤楼前。说不尽那殿阁峥嵘，楼台壮丽。直至端门外，烦奏事官转达天廷，欲倒验关文。那黄门官果至玉阶前，启奏道：『朝门外有东土大唐钦差一员僧，前往西天雷音寺拜佛求经，欲倒换通关文牒，听宣。』国王闻言，喜道：『寡人久病，不曾登基；今上殿出榜招医，就有高僧来国！』即传旨宣至阶下。三藏即礼拜俯伏。国王又宣上金殿赐坐，命光禄寺办斋。三藏谢了恩，将关文献上。

国王看毕，十分欢喜道：『法师，你那大唐，几朝君正？几辈臣贤？至于唐王，因甚作疾回生，着你远涉山川求经？』这长老因问，即欠身合掌道：『贫僧那里：

三皇治世，五帝分伦。尧舜正位，禹汤安民。成周子众，各立乾坤。倚强欺弱，分国称君。邦君十八，分野边尘。后成十二，宇宙安淳。因无车马，却又相吞。七雄争胜，六国归秦。天生鲁沛，各怀不仁。江山属汉，约法钦遵。汉归司马，晋又纷纭。南北十二，宋齐梁陈。列祖相继，大隋绍真。赏花无道，涂炭多民。我王李氏，国号唐君。高祖晏驾，当今世民。河清海晏，大德宽仁。兹因长安城北，有个怪水龙神，刻减甘雨，应该损身。夜间托梦，告王救迍。王言准赦，早召贤臣。款留殿内，慢把棋轮。时当日午，那贤臣梦斩龙身。』

国王闻言，忽作呻吟之声，问道：『法师，那贤臣是那邦来者？』三藏道：『就是我王驾前丞相，姓魏名徵。他识天文，知地理，辨阴阳，乃安邦立国之大宰辅也。因他梦斩了泾河龙王，那龙王告到阴司，说我王许救又杀之，故我王遂得促病，渐觉身危。魏徵又写书一封，与我王带至冥司，寄与酆都城判官崔珏。少时，唐王身死，至三日复得回生。亏了魏徵，感崔判官改了文书，加王二十年寿。今要做水陆大会，故遣贫僧远涉道途，询求诸国，拜佛祖，取大乘经三藏，超度孽苦升天也。』那国王又呻吟叹道：『诚乃是天朝大国，君正臣贤！似我寡人久病多时，并无一臣拯救。』长老听说，偷睛观看，见那皇帝面黄肌瘦，形脱神衰。长老正欲启问，有光禄寺官，奏请唐僧奉斋。王传旨，教：『在披香殿，连朕之膳摆下，与法师同享。』三藏谢了恩，与王同进膳进斋不题。

却说行者在会同馆中，着沙僧安排茶饭，并整治素菜。沙僧道：『茶饭易煮，蔬菜不好安排。』行者问道：『如何？』沙僧道：『油、盐、酱、醋俱无也。』行者道：『我这里有几文衬钱，教八戒上街买去。』那呆子躲懒道：『我不敢去。嘴脸欠俊，恐惹下祸来，师父怪我。』行者道：『公平交易，又不讹他，又不抢他，何祸之有！』八戒道：『你才不曾看见獐智？在这门前扯出嘴来，把人唬倒了十来个；若到闹市丛中，也不知唬杀多少人是！』行者道：『你只知闹市丛中，你可曾看见那市上卖的是甚么东西？』八戒道：『师父只教我低着头，莫撞祸，实是不曾看见。』行者道：『酒店、米铺、磨坊，并绫罗杂货不消说；着然又好茶房、面店，大烧饼、大馍馍，饭店又有好汤饭、好椒料、好蔬菜，与那异品的糖糕、蒸酥、点心、卷子、油食、蜜食，……无数好东西，我去买些儿请你如何？』那呆子闻说，口内流涎，喉咙里啯啯的咽唾，跳起来道：『哥哥！这遭我扰你，待下次攒钱，我也请你回席。』行者暗笑道：『沙僧，好生煮饭，等我们去买调和来。』沙僧也知是耍呆子，只得顺口应承道：『你们去，须是多买些，吃饱了来。』那呆子捞个碗盏拿了，就跟行者出门。有两个在官人问道：『长老那里去！』行者道：『买调和。』那人道：『这条街往西去，转过拐角鼓楼，那郑家杂货店，凭你买多少，油、盐、酱、醋、姜、椒、茶叶俱全。』

他二人携手相搀，径上街西而去。行者过了几处茶房，几家饭店，当买的不买，当吃的不吃。八戒叫道：『师兄，这里将就买些用罢。』那行者原是要他，那里肯买，道：『贤弟，你好不经纪！再走走，拣大的买吃。』两个人说说话儿，又领了许多人跟随争看。不时，到了鼓楼边，只见那楼下无数人喧嚷，挤挤挨挨，填街塞路。八戒见了道：『哥哥，我不去了。那里人嚷得紧，只怕是拿和尚的。又况是面生可疑之人，拿了去，怎的了？』行者道：『胡谈！和尚又不犯法，拿我怎的？我们走过去，到郑家店买些调和来。』八戒道：『罢，罢，罢！我不撞祸。这一挤到人丛里，把耳朵捽了两捽，唬得他跌跌爬爬，跌死几个，我倒偿命是！』行者道：『既然如此，你在这壁根下站定，等我过去买了回来，与你买素面烧饼吃罢。』那呆子将碗盏递与行者，把嘴拄着墙根，背着脸，死也不动。

这行者走至楼边，果然挤塞。直挨入人丛里听时，原来是那皇榜张挂楼下，故多人争看。行者挤到近处，闪开火眼金睛，仔细看时，那榜上却云：

朕西牛贺洲朱紫国王，自立业以来，四方平服，百姓清安。近因国事不祥，沉疴伏枕，淹延日久难痊。本国太医院，屡选良方，未能调治。今出此榜文，普招天下贤士。不拘北往东来，中华外国，若有精医药者，请登宝殿，疗理朕躬。稍得病愈，愿将社稷平分，决不虚示。为此出给张挂。须至榜者。

览毕，满心欢喜道：『古人云：「行动有三分财气。」早是不在馆中呆坐。即此不必买甚调和，且把取经事宁耐一日，等老孙做个医生耍耍。』

好大圣，弯倒腰，丢了碗盏，拈一撮土，往上洒去，念声咒语，使个隐身法，轻轻的上前揭了榜。又朝着巽地上吸口仙气吹来，那阵旋风起处，他却回身，径到八戒站处，只见那呆子嘴挂着墙根，却是睡着了一般。行者更不惊他，将榜文折了，轻轻揣在他怀里，拽转步，先往会同馆去了不题。

却说那楼下众人，见风起时，各各蒙头闭眼。不觉风过时，没了皇榜，众皆悚惧。那榜原有十二个太监，十二个校尉，早朝领出。才挂不上三个时辰，被风吹去，战兢兢左右追寻。忽见猪八戒怀中露出个纸边儿来，众人近前道：『你揭了榜来耶？』那呆子猛抬头，把嘴一撅，唬得那几个校尉，踉踉跄跄，跌倒在地。他却转身要走，又被面前几个胆大的扯住道：『你揭了招医的皇榜，还不进朝医治我万岁去，却待何往？』那呆子慌慌张张道：『你儿子便揭了皇榜！你孙子便会医治！』校尉道：『你怀中揣的是甚？』呆子却才低头看时，真个有一张字纸。展开一看，咬着牙骂道：『那猢狲害杀我也！』恨一声，便要扯破，早被众人架住道：『你是死了！此乃当今国王出的榜文，谁敢扯坏？你既揭在怀中，必有医国之手，快同我去！』八戒喝道：『汝等不知。这榜不是我揭的，是我师兄孙悟空揭的。他暗暗揣在我怀中，他却丢下我去了。若得此事明白，我与你寻他去。』众人道：『说甚么乱话！「现钟不打打铸钟」？你现揭了榜文，教我们寻谁！不管你！扯了去见主上！』那伙人不分清白，将呆子推推扯扯。这呆子立定脚，就如生了根一般，十来个人也弄他不动。八戒道：『汝等不知高低！再扯一会，扯得我呆性子发了，你却休怪！』

不多时，闹动了街人，将他围绕。内有两个年老的太监道：『你这相貌稀奇，声音不对，是那里来的，这般村强？』八戒道：『我们是东土差往西天取经的。我师父乃唐王御弟法师，却才入朝，倒换关文去了。我与师兄来此买办调和，我见楼下人多，未曾敢去，是我师兄教我在此等候。他原来见有榜文，弄阵旋风揭了，暗揣我怀内，先去了。』那太监道：『我头前见个白面胖和尚，径奔朝门而去，想就是你师父？』八戒道：『正是，正是。』太监道：『你师兄往那里去了？』八戒道：『我们一行四众。师父去倒换关文，我三众并行囊、马匹俱歇在会同馆。师兄弄了我，他先回馆中去了。』太监道：『校尉，不要扯他。我等同到馆中，便知端的。』八戒道：『你这两个奶奶知事。』众校尉道：『这和尚委不识货！怎么赶着公公叫起奶奶来耶？』八戒笑道：『不羞！你这反了阴阳的！他二位老妈妈儿，不叫他做婆婆、奶奶，倒叫他做公公！』众人道：『莫弄嘴！快寻你师兄去。』

朱紫国唐僧论前世
孙行者施为三折肱

那众臣领旨，与看榜的太监、校尉径至会同馆，排班参拜。唬得那八戒躲在厢房，沙僧闪于壁下。那大圣，看他坐在当中，端然不动。八戒暗地里怨恶道：『这猢狲活活的折杀也！怎么这许多官员礼拜，更不还礼，也不站将起来！』

那街上人吵吵闹闹，何止三五百，共扛到馆门首。八戒道：『列位住了。我师兄却不比我任你们作戏。他却是个猛烈认真之士。汝等见了，须要行个大礼，叫他声「孙老爷」，他就招架了。不然啊，他就变了嘴脸，这事却弄不成也。』众太监、校尉俱道：『你师兄果有手段，医好国王，他也该有一半江山，我等合该下拜。』那些闲杂人都在门外喧哗。八戒领着一行太监、校尉，径入馆中。只听得行者与沙僧在客房里正说那揭榜之事要笑哩。八戒上前扯住，乱嚷道：『你可成个人。哄我去买素面、烧饼、馍馍我吃，原来都是空头！又弄旋风，揭了甚么皇榜，暗暗的揣在我怀里，拿我装胖！这可成个弟兄！』行者笑道：『你这呆子，想是错了路，走向别处去。我过鼓楼，买了调和，急回来寻你不见，我先来了。在那里揭甚皇榜？』八戒道：『现有看榜的官员在此。』

说不了，只见那几个太监、校尉朝上礼拜道：『孙老爷，今日我王有缘，天遣老爷下降，是必大展经纶手，微施三折肱，治得我王病愈，江山有分，社稷平分也。』行者闻言，正了声色，接了八戒的榜文，对众道：『你们想是看榜的官么？』太监叩头道：『奴婢乃司礼监内臣。这几个是锦衣校尉。』行者道：『这招医榜，委是我揭的，故遣我师弟引见。既然你主有病，常言道：「药不跟卖，病不讨医。」你去教那国王亲来请我。我有手到病除之功。』太监闻言，无不惊骇。校尉道：『口出大言，必有度量。我等着一半在此哑请，着一半入朝启奏。』

当分了四个太监，六个校尉，更不待宣召，径入朝，当阶奏道：『主公万千之喜！』那国王正与三藏膳毕清谈，忽闻此奏，问道：『喜自何来？』太监奏道：『奴婢等早领出招医皇榜，鼓楼下张挂，有东土大唐远来取经的一个圣僧孙长老揭了，现在会同馆内，要王亲自去请他，他有手到病除之功。故此特来启奏。』国王闻言，满心欢喜，就问唐僧道：『法师有几位高徒？』三藏合掌答曰：『贫僧有三个顽徒。』国王问：『那一位高徒善医？』三藏道：『实不瞒陛下说。我那顽徒，俱是山野庸才，只会挑包背马，转涧寻波，带领贫僧登山涉岭，或者到峻险之处，可以伏

魔擒怪，捉虎降龙而已；更无一个能知药性者。』国王道：『法师何必太谦？朕当今日登殿，幸遇法师来朝，诚天缘也。高徒既不知医，他怎肯揭我榜文，教寡人亲迎？断然有医国之能也。』叫：『文武众卿，寡人身虚力怯，不敢乘辇；汝等可替寡人，俱到朝外，敦请孙长老，看朕之病。汝等见他，切不可轻慢，称他做「神僧孙长老」，皆以君臣之礼相见。』

那众臣领旨，与看榜的太监、校尉径至会同馆，排班参拜。唬得那八戒躲在厢房，沙僧闪于壁下。那大圣，看他坐在当中，端然不动。八戒暗地里怨恶道：『这猢狲活活的折杀也！怎么这许多官员礼拜，更不还礼，也不站将起来！』不多时，礼拜毕，分班启奏道：『上告神僧孙长老。我等俱朱紫国王之臣，今奉王旨，敬以洁礼参请神僧，入朝看病。』行者方才立起身来，对众道：『你王如何不来？』众臣道：『我王身虚力怯，不敢乘辇，特令臣等行代君之礼，拜请神僧也。』行者道：『既如此说，列位请前行，我当随至。』众臣各依品从，作队而走。行者整衣而起。八戒道：『哥哥，切莫攀出我们来。』行者道：『我不攀你，只要你两个与我收药。』沙僧道：『收甚么药？』行者道：『凡有人送药来与我，照数收下，待我回来取用。』二人领诺不题。

这行者即同多官，顷间便到。众臣先走，奏知那国王，高卷珠帘，闪龙睛凤目，开金口御言，便问：『那一位是神僧孙长老？』行者进前一步，厉声道：『老孙便是。』那国王听得声音凶狠，又见相貌刁钻，唬得战兢兢，跌在龙床之上。慌得那女官内宦，急扶入宫中。道：『唬杀寡人也！』众官都嗔怨行者道：『这和尚怎么这等粗鲁村疏！怎敢就擅揭榜！』

行者闻言，笑道：『列位错怪了我也。若像这等慢人，你国王之病，就是一千年也不得好。』众臣道：『人生能有几多阳寿？就一千年也还不好？』行者道：『他如今是个病君，死了是个病鬼，再转世也还是个病人，却不是一千年也还不好？』众臣怒曰：『你这和尚，甚不知礼！怎么敢这等满口胡柴！』行者笑道：『不是胡柴。你都听我道来：

医门理法至微玄，大要心中有转旋。望闻问切四般事，缺一之时不备全：第一望他神气色，润枯肥瘦起和眠；第二闻声清与浊，听他真语及狂言；三问病原经几日，如何饮食怎生便；四才切脉明经络，浮沉表里是何般。我不望闻并问切，今生莫想得安然。』

那两班文武丛中，有太医院官，一闻此言，对众称扬道：『这和尚也说得有理。就是神仙看病，也须望、闻、问、切，谨合着神圣功巧也。』众官依此言，着近侍传奏道：『长老要用望、闻、问、切之理，方可认病用药。』那国王睡在龙床上，声声唤道：『叫他去罢，寡人见不得生人面了！』近侍的出宫来道：『那和尚，我王旨意，教你去罢，见不得生人面哩。』行者道：『若见不得生人面啊，我会「悬丝诊脉」。』众官暗喜道：『悬丝诊脉，我等耳闻，不曾眼见。再奏去来。』那近侍的又入宫奏道：『主公，那孙长老不见主公之面，他会悬丝诊脉。』国王心中暗想道：『寡人病了三年，未曾试此，宣他进来。』近侍的即忙传出道：『主公已许他悬丝诊脉，快宣孙长老进宫诊视。』

行者却就上了宝殿。唐僧迎着骂道：『你这泼猴，害了我也！』行者笑道：『好师父，我倒与你壮观，你返说我害你？』三藏喝道：『你跟我这几年，那曾见你医好谁来！你连药性也不知，医书也未读，怎么大胆撞这个大祸！』行者笑道：『师父，你原来不晓得。我有几个草头方儿，能治大病，管情医得他好便是。就是医杀了，也只问得个庸医杀人罪名，也不该死，你怕怎的！不打紧，不打紧，你且坐下看我的脉理如何。』长老又道：『你那曾见《素问》、《难经》、《本草》、《脉诀》，是甚般章句，怎生注解，就这等胡说散道，会甚么悬丝诊脉！』行者笑道：

『我有金线在身，你不曾见哩。』即伸手下去，尾上拔了三根毫毛，捻一把，叫声『变！』即变作三条丝线，每条各长二丈四尺，按二十四气，托于手内，对唐僧道：『这不是我的金线？』近侍宦官在旁道：『长老且休讲口，请入宫中诊视去来。』行者别了唐僧，随着近侍入宫看病。正是那：

心有秘方能治国，内藏妙诀注长生。

毕竟这去不知看出甚么病来，用甚么药品。欲知端的，且听下回分解。

心主夜间修药物

他二人即时将二药碾细道：『师兄，还用那几十味？』行者道：『不用了。』八戒道：『八百八味，每味三斤，只用此二两，诚为起夺人了。』行者将一个花磁盏子，道：『贤弟莫讲，你拿这个盏儿，将锅脐灰刮半盏过来。』八戒道：『要怎的？』行者道：『药内要用。』

第六十九回　心主夜间修药物　君王筵上论妖邪

话表孙大圣同近侍宦官，到于皇宫内院，直至寝宫门外立定。将三条金线与宦官拿入里面，吩咐：『教内宫妃后，或近侍太监，先系在圣躬左手腕下，按寸、关、尺三部上，却将线头从窗櫺儿穿出与我。』真个那宦官依此言，请国王坐在龙床，按寸、关、尺，以金线一头系了，一头理出窗外。

行者接了线头，以自己右手大指先托着食指，看了寸脉；次将中指按大指，看了关脉；又将大指托定无名指，看了尺脉；调停自家呼吸，分定四气、五郁、七表、八里、九候、浮中沉，沉中浮，辨明了虚实之端；又教解下左手，依前系在右手腕下部位。行者即以左手指，一一从头诊视毕，却将身抖了一抖，把金线收上身来。厉声高呼道：『陛下左手寸脉强而紧，关脉涩而缓，尺脉芤且沉；右手寸脉浮而滑，关脉迟而结，尺脉数而牢。夫左寸强而紧者，中虚

心痛也；关涩而缓者，汗出肌麻也；尺芤而沉者，小便赤而大便带血也。右手寸脉浮而滑者，内结经闭也；关迟而结者，宿食留饮也；尺数而牢者，烦满虚寒相持也。诊此贵恙：是一个惊恐忧思，号为「双鸟失群」之证。』那国王在内闻言，满心欢喜。打起精神，高声应道：『指下明白！指下明白！果是此疾！请出外面用药来也。』

大圣却才缓步出宫。早有在旁听见的太监，已先对众报知。须臾，行者出来，唐僧即问如何。行者道：『诊了脉，如今对证制药哩。』众官上前道：『神僧长老，适才说「双鸟失群」之证，何也？』行者笑道：『有雌雄二鸟，原在一处同飞，忽被暴风骤雨惊散，雌不能见雄，雄不能见雌，雌乃想雄，雄亦想雌：这不是「双鸟失群」也？』众官闻说，齐声喝采道：『真是神僧！真是神医！』称赞不已。当有太医官问道：『病势已看出矣，但不知用何药治之？』行者道：『不必执方，见药就要。』医官道：『经云：「药有八百八味，人有四百四病。」病不在一人之身，药岂有全用之理！如何见药就要？』行者道：『古人云：「药不执方，合宜而用。」故此全征药品，而随便加减也。』那医官不复再言。即出朝门之外，差本衙当值之人，遍晓满城生熟药铺，即将药品，每味各办三斤，送与行者。行者道：『此间不是制药处，可将诸药之数并制药一应器皿，都送入会同馆，交与我师弟二人收下。』医官听命，即将八百八味每味三斤及药碾、药磨、药罗、药乳并乳钵、乳槌之类都送至馆中，一一交付收讫。

行者往殿上请师父同至馆中制药。那长老正自起身，忽见内宫传旨，教阁下留住法师，同宿文华殿。待明朝服药之后，病痊酬谢，倒换关文送行。三藏大惊道：『徒弟啊，此意是留我做当头哩。若医得好，欢喜起送；若医不好，我命休矣。你须仔细上心，精虔制度也！』行者笑道：『师父放心，在此受用。老孙自有医国之手。』

好大圣，别了三藏，辞了众臣，径至馆中。八戒迎着笑道：『师兄，我知道你了。』行者道：『你知甚么？』八戒道：『知你取经之事不果，欲作生涯无本，今日见此处富庶，设法要开药铺哩。』行者喝道：『莫胡说！医好国王，得意处辞朝走路，开甚么药铺！』八戒道：『终不然，这八百八味药，每味三斤，共计二千四百二十四斤，只医一人，能用多少？不知多少年代方吃得了哩！』行者道：『那里用得许多？他那太医院官都是些愚盲之辈，所以取这许多药品，教他没处捉摸，不知我用的是那几味，难识我神妙之方也。』

正说处，只见两个馆使，当面跪下道：『请神僧老爷进晚斋。』行者道：『早间那般待我，如今却跪而请之，何也？』馆使叩头道：『老爷来时，下官有眼无珠，不识尊颜。今闻老爷大展三折之肱，治我一国之主，若主上病愈，老爷江山有分，我辈皆臣子也，礼当拜请。』行者见说，欣然登堂上坐。八戒、沙僧分坐左右。摆上斋来。沙僧便问道：『师兄，师父在那里哩？』行者笑道：『师父被国王留住作当头哩。只待医好了病，方才酬谢送行。』沙僧又问：『可有些受用么？』行者道：『国王岂无受用！我来时，他已有三个阁老陪侍左右，请入文华殿去也。』八戒道：『这等说，还是师父大哩。他倒有阁老陪侍，我们只得两个馆使奉承。且莫管他，让老猪吃顿饱饭也。』兄弟们遂自在受用一番。

天色已晚。行者叫馆使：『收了家火，多办些油蜡，我等到夜静时，方好制药。』馆使果送若干油蜡，各命散讫。

至半夜，天街人静，万籁无声。八戒道：『哥哥，制何药？赶早干事。我瞌睡了。』行者道：『你将大黄取一两来，碾为细末。』沙僧乃道：『大黄味苦，性寒，无毒，其性沉而不浮，其用走而不守，夺诸郁而无壅滞，定祸乱而致太平，名之曰「将军」。此行药耳。但恐久病虚弱，不可用此。』行者笑道：『贤弟不知。此药利痰顺气，荡肚中凝滞之寒热。你莫管我。你去取一两巴豆，去壳去膜，捶去油毒，碾为细末来。』八戒道：『巴豆味辛，性热，有毒；削坚积，荡肺腑之沉寒；通闭塞，利水谷之道路；乃斩关夺门之将，不可轻用。』行者道：『贤弟，你也不知。

此药破结宣肠，能理心膨水胀。快制来。我还有佐使之味辅之也。』他二人即时将二药碾细道：『师兄，还用那几十味？』行者道：『不用了。』八戒道：『八百八味，每味三斤，只用此二两，诚为起夺人了。』行者将一个花磁盏子，道：『贤弟莫讲，你拿这个盏儿，将锅脐灰刮半盏过来。』八戒道：『要怎的？』行者道：『药内要用。』沙僧道：『小弟不曾见药内用锅灰。』行者道：『锅灰名为「百草霜」，能调百病，你不知道。』那呆子真个刮了半盏，又碾细了。行者又将盏子，递与他道：『你再去把我们的马尿等半盏来。』八戒道：『要他怎的？』行者道：『要丸药。』沙僧又笑道：『哥哥，这事不是耍子。马尿腥臊，如何入得药品？我只见醋糊为丸，陈米糊为丸，炼蜜为丸，或只是清水为丸，那曾见马尿为丸？那东西腥腥臊臊，脾虚的人，一闻就吐；再服巴豆、大黄，弄得人上吐下泻，可是耍子？』行者道：『你不知就里。我那马，不是凡马。他本是西海龙身。若得他肯去便溺，凭你何疾，服之即愈。但急不可得耳。』八戒闻言，真个去到马边。那马斜伏地下睡哩。呆子一顿脚踢起，衬在肚下，等了半会，全不见撒尿。他跑将来，对行者说：『哥啊，且莫去医皇帝，且快去医医马来。那亡人干结了，莫想尿得出一点儿！』行者笑道：『我和你去。』沙僧道：『我也去看看。』

三人都到马边，那马跳将起来，口吐人言，厉声高叫道：『师兄，你岂不知？我本是西海飞龙，因为犯了天条，观音菩萨救了我，将我锯了角，退了鳞，变作马，驮师父往西天取经，将功折罪。我若过水撒尿，水中游鱼，食了成龙；过山撒尿，山中草头得味，变作灵芝，仙僮采去长寿；我怎肯在此尘俗之处轻抛却也？』行者道：『兄弟谨言。此间乃西方国王，非尘俗也，亦非轻抛弃也。常言道：「众毛攒裘。」要与本国之王治病哩。医得好时，大家光辉。不然，恐俱不得善离此地也。』那马才叫声：『等着。』你看他往前扑了一扑，往后蹲了一蹲，咬得那满口牙龁支支的响喨，仅努出几点儿，将身立起。八戒道：『这个亡人！就是金汁子，再撒些儿也罢！』那行者见有少半盏，道：

『够了！够了！拿去罢。』沙僧方才欢喜。

三人回至厅上，把前项药饵搅和一处，搓了三个大丸子。行者道：『兄弟，忒大了。』八戒道：『只有核桃大。若论我吃，还不够一口哩！』遂此收在一个小盒儿里。兄弟们连衣睡下，一夜无词。

早是天晓。却说那国王耽病设朝，请唐僧见了，即命众官快往会同馆参拜神僧孙长老取药去。

多官随至馆中，对行者拜伏于地道：『我王特命臣等拜领妙剂。』行者叫八戒取盒儿，揭开盖子，递与多官。多官启问：『此药何名？好见王回话。』行者道：『此名「乌金丹」。』八戒二人，暗中作笑道：『锅灰拌的，怎么不是乌金！』多官又问道：『用何引子？』行者道：『药引儿两般都下得。有一般易取者，乃六物煎汤送下。』多官问：『是何六物？』行者道：

『半空飞的老鸦屁，紧水负的鲤鱼尿，王母娘娘搽脸粉，老君炉里炼丹灰，玉皇戴破的头巾要三块，还要五根困龙须：六物煎汤送此药，你王忧病等时除。』

多官闻言道：『此物乃世间所无者。请问那一般引子是何？』行者道：『用无根水送下。』众官笑道：『这个易取。』行者道：『怎见得易取？』多官道：『我这里人家俗论：若用无根水，将一个碗盏，到井边，或河下，舀了水，急转步，更不落地，亦不回头，到家与病人吃药，便是。』行者道：『井中河内之水，俱是有根的。我这无根水，非此之论，乃是天上落下者，不沾地就吃，才叫做「无根水」。』多官又道：『这也容易。等到天阴下雨时，再吃药便罢了。』遂拜谢了行者，将药持回献上。

国王大喜，即命近侍接上来。看了道：『此是甚么丸子？』多官道：『神僧说是「乌金丹」，用无根水送下。』国王便教宫人取无根水。众官道：『神僧说，无根水不是井河中者，乃是天上落下不沾地的才是。』国王即唤当驾官传旨，教请法官求雨。众官遵依出榜不题。

却说行者在会同馆厅上，叫猪八戒道：『适间允他天落之水，才可用药，此时急忙，怎么得个雨水？我看这王，倒也是个大贤大德之君，我与你助他些儿雨下药，如何？』八戒道：『怎么样助？』行者道：『你在我左边立下，做个辅星。』又叫沙僧，『你在我右边立下，做个弼宿。等老孙助他些无根水儿。』好大圣，步了罡袂，念声咒语。早见那正东上，一朵乌云，渐近于头顶上。叫道：『大圣，东海龙王敖广来见。』行者道：『无事不敢捻烦，请你来助些无根水与国王下药。』龙王道：『大圣呼唤时，不曾说用水，小龙只身来了，不曾带得雨器，亦未有风云雷电，怎生降雨？』行者道：『如今用不着风云雷电，亦不须多雨，只要些须引药之水便了。』龙王道：『既如此，待我打两个喷涕，吐些涎津溢，与他吃药罢。』行者大喜道：『最好，最好！不必迟疑，趁早行事。』

心主夜间修药物
君王筵上论妖邪

众官接引，上了东阁，早见唐僧、国王、阁老，已都在那里安排筵宴哩。这行者与八戒、沙僧，对师父唱了个喏，随后众官都至。只见那上面有四张素桌面，都是吃一看十的筵席；前面有一张荤桌面，也是吃一看十的珍馐。左右有四五百张单桌面，真个排得齐整。

那老龙在空中，渐渐低下乌云，直至皇宫之上，隐身潜象，噀一口津唾，遂化作甘霖。那满朝官齐声喝采道：『我主万千之喜！天公降下甘雨来也！』国王即传旨，教：『取器皿盛着。不拘宫内外及官大小，都要等贮仙水，拯救寡人。』

你看那文武多官并三宫六院妃嫔与三千彩女，八百娇娥，一个个擎杯托盏，举碗持盘，等接甘雨。那老龙在半空，运化津涎，不离了王宫前后。将有一个时辰，龙王辞了大圣回海。众臣将杯盂碗盏收来，也有等着一点两点者，也有等着三点五点者，也有一点不曾等着者，共合一处，约有三盏之多，总献至御案。真个是异香满袭金銮殿，佳味熏飘天子庭！

那国王辞了法师，将着『乌金丹』并甘雨至宫中，先吞了一丸，吃了一盏甘雨；再吞了一丸，又饮了一盏甘雨；三次；三丸俱吞了，三盏甘雨俱送下。不多时，腹中作响，如辘轳之声不绝；即取净桶，连行了三五次；服了些米饮，攲倒在龙床之上。有两个妃子，将净桶捡看，说不尽那秽污痰涎，内有糯米饭块一团。妃子近龙床前来报：『病根都行下来也！』国王闻此言，甚喜，又进一次米饭。少顷，渐觉心胸宽泰，气血调和，就精神抖擞，脚力强健。下了龙床，穿上朝服，即登宝殿，见了唐僧，辄倒身下拜。那长老忙忙还礼。拜毕，以御手搀着，便教阁下：『快具简帖，帖上写朕「再拜顿首」字样，差官奉请法师高徒三位。一壁厢大开东阁，光禄寺排宴酬谢。』多官领旨，具简的具简，排宴的排宴，正是国家有倒山之力，霎时俱完。

却说八戒见官投简，喜不自胜道：『哥啊，果是好妙药！今来酬谢，乃兄长之功。』沙僧道：『二哥说那里话！常言道：「一人有福，带挈一屋。」我们在此合药，俱是有功之人。只管受用去，再休多话。』咦！你看他弟兄们俱欢欢喜喜，径入朝来。

众官接引，上了东阁，早见唐僧、国王、阁老，已都在那里安排筵宴哩。这行者与八戒、沙僧，对师父唱了个喏，随后众官都至。只见那上面有四张素桌面，都是吃一看十的筵席；前面有一张荤桌面，也是吃一看十的珍馐。左右有四五百张单桌面，真个排得齐整：

古云：『珍馐百味，美禄千钟。琼膏酥酪，锦缕肥红。』宝妆花彩艳，果品味香浓。斗糖龙缠列狮仙，饼锭拖炉摆凤侣。荤有猪羊鸡鹅鱼鸭般般肉，素有蔬肴笋芽木耳并蘑菇。几样香汤饼，数次透酥糖。滑软黄粱饭，清新菰米糊。色色粉汤香又辣，般般添换美还甜。君臣举盏方安席，名分品级慢传壶。

那国王御手擎杯，先与唐僧安坐。三藏道：『贫僧不会饮酒。』国王道：『素酒。法师饮此一杯，何如？』三藏道：『酒乃僧家第戒。』国王甚不过意道：『法师戒饮，却以何物为敬？』三藏道：『顽徒三众代饮罢。』国王却才欢喜，转金卮，递与行者。行者接了酒，对众礼毕，吃了一杯。国王见他吃得爽利，又奉一杯。行者不辞，又吃了。国王笑道：『吃个三宝钟儿。』行者不辞，又吃了。国王又叫斟上，『吃个四季杯儿。』

八戒在旁，见酒不到他，忍得他咽咽唾；又见那国王苦劝行者，他就叫将起来道：『陛下，吃的药也亏了我，那药里有马……』这行者听说，恐怕呆子走了消息，却将手中酒递与八戒。八戒接着就吃，却不言语。国王问道：『神僧说药里有马，是甚么马？』行者接过口来道：『我这兄弟，是这般口敞。但有个经验的好方儿，他就要说与人。陛下早间吃药，内有马兜铃。』国王问众官道：『马兜铃是何品味？能医何证？』时有太医院官在旁道：『主公：

兜铃味苦寒无毒，定喘消痰大有功。
通气最能除血蛊，补虚宁嗽又宽中。』

国王笑道：『用得当，用得当！猪长老再饮一杯。』呆子亦不言语，却也吃了个三宝钟。国王又递了沙僧酒，也吃了三杯，却俱叙坐。

饮宴多时，国王又擎大爵，奉与行者。行者道：『陛下请坐。老孙依巡痛饮，决不敢推辞。』国王道：『神僧恩重如山，寡人酬谢不尽。好歹进此一巨觥，朕有话说。』行者道：『有甚话说了，老孙好饮。』国王道：『寡人有数载忧疑病，被神僧一贴灵丹打通，所以就好了。』行者笑道：『昨日老孙看了陛下，已知是忧疑之疾，但不知忧惊何事？』国王道：『古人云：「家丑不可外谈。」奈神僧是朕恩主，惟不笑，方可告之。』行者道：『怎敢笑话，请说无妨。』

国王道：『神僧东来，不知经过几个邦国？』行者道：『经有五六处。』又问：『他国之后，不知是何称呼。』行者道：『国王之后，都称为正宫、东宫、西宫。』国王道：『寡人不是这等称呼：将正宫称为金圣宫，东宫称为玉圣宫，西宫称为银圣宫。现今只有银、玉二后在宫。』行者道：『金圣宫因何不在宫中？』国王滴泪道：『不在已三年矣。』行者道：『向那厢去了？』国王道：『三年前，正值端阳之节，朕与嫔后都在御花园海榴亭下解粽插艾，饮菖蒲雄黄酒，看斗龙舟。忽然一阵风至，半空中现出一个妖精，自称赛太岁，说他在麒麟山獬豸洞居住，洞中少个夫人，访得我金圣宫生得貌美姿娇，要做个夫人，教朕快早送出。如若三声不献出来，就要先吃寡人，后吃众臣，将满城黎民，尽皆吃绝。那时节，朕却忧国忧民，无奈，将金圣宫推出海榴亭外，被那妖响一声摄将去了。寡人为此着了惊恐，把那粽子凝滞在内；况又昼夜忧思不息，所以成此苦疾三年。今得神僧灵丹服后，行了数次，尽是那三年前积滞之物，所以这会体健身轻，精神如旧。今日之命，皆是神僧所赐，岂但如泰山之重而已乎！』

行者闻得此言，满心喜悦，将那巨觥之酒，两口吞之，笑问国王曰：『陛下原来是这等惊忧！今遇老孙，幸而获

愈。但不知可要金圣宫回国？』那国王滴泪道：『朕切切思思，无昼无夜，但只是没一个能获得妖精的。岂有不要他回国之理！』行者道：『我老孙与你去伏妖邪，那时何如？』国王跪下道：『若救得朕后，朕愿领三宫九嫔，出城为民，将一国江山，尽付神僧，让你为帝。』八戒在旁，见出此言，行此礼，忍不住呵呵大笑道：『这皇帝失了体统！怎么为老婆就不要江山，跪着和尚？』行者急上前，将国王搀起道：『陛下，那妖精自得金圣宫去后，这一向可曾再来？』国王道：『他前年五月节摄了金圣宫，至十月间来，要取两个宫娥，是说伏侍娘娘，朕即献出两个。至旧年三月间，又来要两个宫娥；七月间，又要去两个；今年二月里，又要去两个；不知到几时又要来也。』行者道：『似他这等频来，你们可怕他么？』国王道：『寡人见他来得多遭，一则惧怕，二来又恐有伤害之意。旧年四月内，是朕命工起了一座避妖楼，但闻风响，知是他来，即与二后、九嫔，入楼躲避。』行者道：『陛下不弃，可携老孙去看那避妖楼一番，何如？』那国王即将左手携着行者出席。众官亦皆起身。猪八戒道：『哥哥，你不达理！这般御酒不吃，摇席破坐的，且去看甚么哩？』国王闻说，情知八戒是为嘴，即命当驾官抬两张素桌面，看酒在避妖楼外伺候。呆子却才不嚷，同师父、沙僧笑道：『翻席去也。』

一行文武官引导，那国王并行者相搀，穿过皇宫到了御花园后，更不见楼台殿阁。行者道：『避妖楼何在？』说不了，只见两个太监，拿两根红漆扛子，往那空地上掬起一块四方石板。国王道：『此间便是。这底下有三丈多深，窖成的九间朝殿。内有四个大缸，缸内满注清油，点着灯火，昼夜不息。寡人听得风响，就入里边躲避，外面着人盖上石板。』行者笑道：『那妖精还是不害你；若要害你，这里如何躲得？』正说间，只见那正南上，呼呼的，吹得风响，播土扬尘。唬得那多官齐声报怨道：『这和尚盐酱口，讲起甚么妖精，妖精就来了！』慌得那国王丢了行者，即钻入地穴。唐僧也就跟入。众官亦躲个干净。

君王筵上論妖邪

君王筵上论妖邪

饮宴多时，国王又擎大爵，奉与行者。行者道：『陛下请坐。老孙依巡痛饮，决不敢推辞。』国王道：『神僧恩重如山，寡人酬谢不尽。好歹进此一巨觥，朕有话说。』行者道：『有甚话说了，老孙好饮。』

八戒、沙僧也都要躲，被行者左右手扯住他两个道：『兄弟们，不要怕得。我和你认他一认，看是个甚么妖精。』八戒道：『可是扯淡！认他怎的？众官躲了，师父藏了，国王避了，我们不去了罢，炫的是那家世！』那呆子左挣右挣，挣不得脱手，被行者拿定多时，只见那半空里闪出一个妖精。你看他怎生模样：

九尺长身多恶狞，一双环眼闪金灯。两轮查耳如撑扇，四个钢牙似插钉。鬓绕红毛眉竖焰，鼻垂糟准孔开明。髭髯几缕朱砂线，颧骨崚嶒满面青。两臂红筋蓝靛手，十条尖爪把枪擎。豹皮裙子腰间系，赤脚蓬头若鬼形。

行者见了道：『沙僧，你可认得他？』沙僧道：『我又不曾与他相识，那里认得！』又问：『八戒，你可认得他？』八戒道：『我又不曾与他会茶会酒，又不是宾朋邻里，我怎么认得他！』行者道：『他却像东岳天齐手下把门

的那个醮面金睛鬼。』八戒道：『不是，不是！』行者道：『你怎知他不是？』八戒道：『我岂不知，鬼乃阴灵也，一日至晚，交申酉戌亥时方出。今日还在巳时，那里有鬼敢出来？就是鬼，也不会驾云。纵会弄风，也只是一阵旋风耳，有这等狂风？或者他就是赛太岁也。』行者笑道：『好呆子，倒也有些论头！既如此说，你两个护持在此，等老孙去问他个名号，好与国王救取金圣宫来朝。』八戒道：『你去自去，切莫供出我们来。』行者昂然不答，急纵祥光，跳将上去。咦！正是：

安邦先却君王病，守道须除爱恶心。

毕竟不知此去，到于空中，胜败如何，怎么擒得妖怪，救得金圣宫，且听下回分解。

妖魔宝放烟沙火

却说行者将身一纵，早见一座高山，阻住雾角。即按云头，立在那巅峰之上。这大圣看看不厌，正欲找寻洞口，只见那山凹里烘烘火光飞出，霎时间，扑天红焰，红焰之中冒出一股恶烟，比火更毒。

第七十回　妖魔宝放烟沙火　悟空计盗紫金铃

却说那孙行者抖擞神威，持着铁棒，踏祥光，起在空中，迎面喝道：『你是那里来的邪魔，待往何方猖獗！』那怪物厉声高叫道：『吾党不是别人，乃麒麟山獬豸洞赛太岁大王爷爷部下先锋。今奉大王令，到此取宫女二名，伏侍金圣娘娘。你是何人，敢来问我！』行者道：『吾乃齐天大圣孙悟空。因保东土唐僧西天拜佛，路过此国，知你这伙邪魔欺主，特展雄才，治国祛邪。正没处寻你，却来此送命！』那怪闻言，不知好歹，展长枪就刺行者。行者举铁棒劈面相迎。在半空里这一场好杀：

棍是龙宫镇海珍，枪乃人间转炼铁。凡兵怎敢比仙兵，擦着些儿神气泄。大圣原来太乙仙，妖精本是邪魔孽。鬼祟焉能近正人，一正之时邪就灭。那个弄风播土唬皇王，这个踏雾腾云遮日月。丢开架手赌输赢，无能谁敢夸豪杰！还是齐天大圣能，乒乓一棍枪先折。

那妖精被行者一铁棒把根枪打做两截，慌得顾性命，拨转风头，径往西方败走。

行者且不赶他，按下云头，来至避妖楼地穴之外，叫道：『师父，请同陛下出来。怪物已赶去矣。』那唐僧才扶着君王，同出穴外。见满天清朗，更无妖邪之气。

那皇帝即至酒席前，自己拿壶把盏，满斟金杯，奉与行者道：『神僧，权谢，权谢！』这行者接杯在手，还未回言，只听得朝门外有官来报：『西门上火起了！』行者闻说，将金杯连酒望空一撇，当的一声响喨，那个金杯落地。君王着了忙，躬身施礼道：『神僧，恕罪，恕罪！是寡人不是了！礼当请上殿拜谢，只因有这方便酒在此，故就奉耳。神僧却把杯子撇了，却不是有见怪之意？』行者笑道：『不是这话，不是这话。』少顷间，又有官来报：『好雨呀！才西门上起火，被一场大雨，把火灭了。满街上流水，尽都是酒气。』行者又笑道：『陛下，你见我撇杯，疑有见怪之意，非也。那妖败走西方，我不曾赶他，他就放起火来。这一杯酒，却是我灭了妖火，救了西城里外人家，岂有他意！』

国王更十分欢喜加敬。即请三藏四众，同上宝殿，就有推位让国之意。行者笑道：『陛下，才那妖精，他称是赛太岁部下先锋，来此取宫女的。他如今战败而回，定然报与那厮。那厮定要来与我相争。我恐他一时兴师帅众，未免又惊伤百姓，恐唬陛下。欲去迎他一迎，就在那半空中擒了他，取回圣后。但不知向那方去，这里到他那山洞有多少远近？』国王道：『寡人曾差「夜不收」军马到那里探听声息，往来要行五十余日。坐落南方，约有三千余里。』行者闻言，叫：『八戒、沙僧，护持在此，老孙去来。』国王扯住道：『神僧且从容一日，待安排些干粮烘炒，与你些盘缠银两，选一匹快马，方才可去。』行者笑道：『陛下说得是巴山转岭步行之话。我老孙不瞒你说，似这三千里路，斟酒在钟不冷，就打个往回。』国王道：『神僧，你不要怪我说。你这尊貌，却像个猿猴一般，怎生有这等法力会走路也？』行者道：

『我身虽是猿猴数，自幼打开生死路。遍访明师把道传，山前修炼无朝暮。倚天为顶地为炉，两般药物团乌兔。采取阴阳水火交，时间顿把玄关悟。全仗天罡搬运功，也凭斗柄迁移步。退炉进火最依时，抽铅添汞相交顾。攒簇五行造化生，合和四象分时度。二气归于黄道间，三家会在金丹路。悟通法律归四肢，本来筋斗如神助。一纵纵过太行山，一打打过凌云渡。何愁峻岭几千重，不怕长江百十数。只因变化没遮拦，一打十万八千路！』

那国王见说，又惊又喜，笑吟吟捧着一杯御酒递与行者道：『神僧远劳，进此一杯引意。』这大圣一心要去降妖，那里有心吃酒，只叫：『且放下，等我去了回来再饮。』好行者，说声去，唿哨一声，寂然不见。那一国君臣，皆惊讶不题。

却说行者将身一纵，早见一座高山，阻住雾角。即按云头，立在那巅峰之上。仔细观看，好山：

冲天占地，碍日生云：冲天处，尖峰矗矗；占地处，远脉迢迢；碍日的，乃岭头松郁郁；生云的，乃崖下石磷磷。松郁郁，四时八节常青；石磷磷，万载千年不改。林中每听夜猿啼，涧内常闻妖蟒过。山禽声咽咽，山兽吼呼呼。山獐山鹿，成双作对纷纷走；山鸦山鹊，打阵攒群密密飞。山草山花看不尽，山桃山果映时新。虽然倚险不堪行，却是妖仙隐逸处。

这大圣看看不厌，正欲找寻洞口，只见那山凹里烘烘火光飞出，霎时间，扑天红焰，红焰之中冒出一股恶烟，比火更毒。好烟！但见那：

火光迸万点金灯，火焰飞千条红虹。那烟不是灶筒烟，不是草木烟，烟却有五色：青红白黑黄。熏着南天门外柱，燎着灵霄殿上梁。烧得那窝中走兽连皮烂，林内飞禽羽尽光。但看这烟如此恶，怎入深山伏怪王！

大圣正自恐惧，又见那山中迸出一道沙来。好沙，真个是遮天蔽日！你看：

纷纷绞绞遍天涯，邓邓浑浑大地遮。
细尘到处迷人目，粗灰满谷滚芝麻。
采药仙僮迷失伴，打柴樵子没寻家。
手中就有明珠现，时间刮得眼生花。

这行者只顾看玩，不觉沙灰飞入鼻内，痒斯斯的，打了两个喷嚏，即回头伸手，在岩下摸了两个鹅卵石，塞住鼻子；摇身一变，变做一个攒火的鹞子，飞入烟火中间，蓦了几蓦，却就没了沙灰，烟火也息了。急现本象下来。又看时，只听得丁丁东东的，一个铜锣声响。却道：『我走错了路也！这里不是妖精住处。锣声似铺兵之锣。想是通国的大路，有铺兵去下文书。且等老孙去问他一问。』

正走处，忽见是个小妖儿，担着黄旗，背着文书，敲着锣儿，急走如飞而来。行者笑道：『原来是这厮打锣。他不知送的是甚么书信，等我听他一听。』好大圣，摇身一变，变做个猛虫儿，轻轻的飞在他书包之上。只听得那妖精敲着锣，绪绪聒聒的自念自诵道：『我家大王，忒也心毒。三年前到朱紫国强夺了金圣皇后，一向无缘，未得沾身，只苦了要来的宫女顶缸。两个来，弄杀了；四个来，也弄杀了。前年要了，去年又要，今年还要，却撞个对头来了。那个要宫女的先锋，被个甚么孙行者打败了，不发宫女。我大王因此发怒，要与他国争持，教我去下甚么战书。这一去，那国王不战则可，战必不利。我大王使烟火飞沙，那国王君臣百姓等，莫想一个得活。那时，我等占了他的城

池，大王称帝，我等称臣，虽然也有个大小官爵，只是天理难容也！』

行者听了，暗喜道：『妖精也有存心好的。似他后边这两句话说，「天理难容」，却不是个好的？但只说金圣皇后一向无缘，未得沾身，此话却不解其意。等我问他一问。』嘤的一声，一翅飞离了妖精，转向前路，有十数里地，摇身一变，又变做一个道童：

头挽双抓髻，身穿百衲衣。
手敲鱼鼓简，口唱道情词。

转山坡，迎着小妖，打个起手道：『长官，那里去？送的是甚么公文？』那妖物就像认得他的一般。住了锣槌，笑嘻嘻的还礼道：『我大王差我到朱紫国下战书的。』行者接口问道：『朱紫国那话儿，可曾与大王配合哩？』小妖道：『自前年摄得来，当时就有一个神仙，送一件五彩仙衣与金圣宫妆新。他自穿了那衣，就浑身上下都生了针刺，我大王摸也不敢摸他一摸。但挽着些儿，手心就痛，不知是甚缘故。自始至今，尚未沾身。早间差先锋去要宫女伏侍，被一个甚么孙行者战败了。大王奋怒，所以教我去下战书，明日与他交战也。』行者道：『怎的大王却着恼呵？』小妖道：『正在那里着恼哩。你去与他唱个道情词儿解解闷也好。』

行者拱手抽身就走。那妖依旧敲锣前行。行者就行起凶来，掣出棒，复转身，望小妖脑后一下，可怜就打得头烂血流浆迸出，皮开颈折命倾之！收了棍子，却又自悔道：『急了些儿！不曾问他叫做甚么名字，罢了！』却去取下他的战书，藏于袖内；将他黄旗、铜锣，藏在路旁草里；因扯着脚要往涧下摔时，只听当的一声，腰间露出一个镶金的牙牌。牌上有字，写道：

心腹小校一名，有来有去。五短身材，扢挞脸，无须。长川悬挂，无牌即假。

行者笑道：『这厮名字叫做有来有去，这一棍子，打得「有去无来」也！』将牙牌解下，带在腰间，欲要拃下尸骸；却又思量起烟火之毒，且不敢寻他洞府，即将棍子举起，着小妖胸前捣了一下，挑在空中，径回本国，且当报一个头功。你看他自思自念，唿哨一声，到了国界。

那八戒在金銮殿前，正护持着王、师，忽回头看见行者半空中将个妖精挑来，他却怨道：『嗳！不打紧的买卖！早知老猪去拿来，却不算我一功？』说未毕，行者按落云头，将妖精 在阶下。八戒跑上去，就筑了一钯道：『此是老猪之功！』行者道：『是你甚功？』八戒道：『莫赖我！我有证见！你不看一钯筑了九个眼子哩！』行者道：『你看看可有头没头。』八戒笑道：『原来是没头的！我道如何筑他也不动动儿。』行者道：『师父在那里？』八戒道：『在殿里与王叙话哩。』行者道：『你且去请他出来。』八戒急上殿，点点头。三藏即便起身下殿，迎着行者。行者

妖魔宝放烟沙火
悟空计盗紫金铃

那皇帝即至酒席前，自己拿壶把盏，满斟金杯，奉与行者道：『神僧，权谢，权谢！』这行者接杯在手，还未回言，只听得朝门外有官来报：『西门上火起了！』行者闻说，将金杯连酒望空一撇，当的一声响喨，那个金杯落地。

将一封战书，揣在三藏袖里道：『师父收下，且莫与国王看见。』

说不了，那国王也下殿，迎着行者道：『神僧孙长老来了！拿妖之事如何？』行者用手指道：『那阶下不是妖精，被老孙打杀了也？』国王见了道：『是便是个妖尸，却不是赛太岁。赛太岁寡人亲见他两次：身长丈八，膊阔五停；面似金光，声如霹雳；那里是这般鄙矮。』行者笑道：『陛下认得。果然不是。这是一个报事的小妖，撞见老孙，却先打死，挑回来报功。』国王大喜道：『好，好，好！该算头功！寡人这里常差人去打探，更不曾得个的实。似神僧一出，就捉了一个回来，真神通也！』叫：『看暖酒来！与长老贺功！』

行者道：『吃酒还是小事。我问陛下，金圣宫别时，可曾留下个甚么表记？你与我些儿。』那国王听说『表记』二字，却似刀剑剜心，忍不住失声泪下，说道：

『当年佳节庆朱明，太岁凶妖发喊声。
强夺御妻为压寨，寡人献出为苍生。
更无会话并离话，那有长亭共短亭！
表记香囊全没影，至今撇我苦伶仃！』

行者道：『陛下在迩，何以为恼？那娘娘既无表记，他在宫内，可有甚么心爱之物，与我一件也罢。』国王道：『你要怎的？』行者道：『那妖王实有神通。我见他放烟、放火、放沙，果是难收。纵收了，又恐娘娘见我面生，不肯跟我回国。须是得他平日心爱之物一件，他方信我，我好带他回来。为此故要带去。』国王道：『昭阳宫里，梳妆阁上，有一双黄金宝串，原是金圣宫手上带的。只因那日端午，要缚五色彩线，故此褪下，不曾带上。此乃是他心爱之物。如今现收在减妆盒里。寡人见他遭此离别，更不忍见；一见即如见他玉容，病又重几分也。』行者道：『且休题这话。且将金串取来。如舍得，都与我拿去；如不舍，只拿一只去也。』国王遂命玉圣宫取出。取出即递与国王。国王见了，叫了几声『知疼着热的娘娘』，遂递与行者。行者接了，套在胳膊上。

好大圣，不吃得功酒，且驾筋斗云，唿哨一声，又至麒麟山上。无心玩景，径寻洞府而去。正行时，只听得人语喧嚷，即伫立凝睛观看。原来那獬豸洞口把门的大小头目，约摸有五百名，在那里：

森森罗列，密密挨排：森森罗列执干戈，映日光明；密密挨排展旌旗，迎风飘闪。虎将熊师能变化，豹头彪帅弄精神。苍狼多猛烈，獭象更骁雄。狡兔乖獐轮剑戟，长蛇大蟒挎刀弓。猩猩能解人言语，引阵安营识汛风。

行者见了，不敢前进，抽身径转旧路。你道他抽身怎么？不是怕他。他却至那打死小妖之处，寻出黄旗、铜锣，迎风捏诀，想象腾那，即摇身一变，变做那有来有去的模样，乒乓敲着锣，大踏步，一直前来，径撞至獬豸洞。正欲看看洞景，只闻得猩猩出语道：『有来有去，你回来了？』行者只得答应道：『来了。』猩猩道：『快走！大王爷爷正在剥皮亭上等你回话哩。』行者闻言，拽开步，敲着锣，径入前门里看处，原来是悬崖削壁石屋虚堂，左右有琪花瑶草，前后多古柏乔松。不觉又至二门之内，忽抬头见一座八窗明亮的亭子，亭子中间有一张戗金的交椅，椅子上端坐着一个魔王，真个生得恶象。但见他：

幌幌霞光生顶上，威威杀气迸胸前。
口外獠牙排利刃，鬓边焦发放红烟。
嘴上髭须如插箭，遍体昂毛似迭毡。
眼突铜铃欺太岁，手持铁杵若摩天。

行者见了，公然傲慢那妖精，更不循一些儿礼法。调转脸，朝着外，只管敲锣。妖王问道：『你来了？』行者不答。又问：『有来有去，你来了？』也不答应。妖王上前扯住道：『你怎么到了家还筛锣？问之又不答，何也？』行者把锣往地下一掼道：『甚么「何也，何也」！我说我不去，你却教我去。行到那厢，只见无数的人马列成阵势，见了我，就都叫：「拿妖精！拿妖精！」把我揪揪扯扯，拽拽扛扛，拿进城去，见了那国王，国王便教「斩了」，幸亏那两班谋士道：「两家相争，不斩来使。」把我饶了。收了战书，又押出城外，对军前打了三十顺腿，放我来回话。他那里不久就要来此与你交战哩。』妖王道：『这等说，是你吃亏了。怪不道问你更不言语。』行者道：『却不是怎的？只为护疼，所以不曾答应。』妖王道：『那里有多少人马？』行者道：『我也唬昏了，又吃他打怕了，那里曾查他人马数目！只见那里森森兵器摆列着：

弓箭刀枪甲与衣，干戈剑戟并缨旗。剽枪月铲兜鍪铠，大斧团牌铁蒺藜。长闷棍，短窝槌，钢叉铳炮及头盔。打扮得革翁鞋护顶并胖袄，简鞭袖弹与铜锤。』

那王听了笑道：『不打紧，不打紧！似这般兵器，一火皆空。你且去报与金圣娘娘得知，教他莫恼。今早他听见我发狠，要去战斗，他就眼泪汪汪的不干。你如今去说那里人马骁勇，必然胜我，且宽他一时之心。』

行者闻言，十分欢喜道：『正中老孙之意！』你看他偏是路熟，转过角门，穿过厅堂。那里边尽都是高堂大厦，更不似前边的模样。直到后面宫里，远见彩门壮丽，乃是金圣娘娘住处。直入里面看时，有两班妖狐，妖鹿，一个个都妆成美女之形，侍立左右。正中间坐着那个娘娘，手托着香腮，双眸滴泪，果然是：

玉容娇嫩，美貌妖娆。懒梳妆，散鬓堆鸦；怕打扮，钗环不戴。面无粉，冷淡了胭脂；发无油，蓬松了云鬓。努樱唇，紧咬银牙；皱蛾眉，泪淹星眼。一片心，只忆着朱紫君王；一时间，恨不离天罗地网。诚然是：自古红颜多薄命，恹恹无语对东风！

行者上前打了个问讯道：『接喏。』那娘娘道：『这泼村怪，十分无状！想我在那朱紫国中，与王同享荣华之时，那太师宰相见了，就俯伏尘埃，不敢仰视。这野怪怎么叫声「接喏」？是那里来的这般村泼？』众侍婢上前道：『太太息怒。他是大王爷爷心腹的小校，唤名有来有去。今早差下战书的是他。』娘娘听说，忍怒问曰：『你下战书，可曾到朱紫国界？』行者道：『我持书直至城里，到于金銮殿，面见君王，已讨回音来也。』娘娘道：『你面君，君有何言？』行者道：『那君王敌战之言，与排兵布阵之事，才与大王说了。只是那君王有思想娘娘之意，有一句合心的话儿，特来上禀。奈何左右人众，不是说处。』

娘娘闻言，喝退两班狐鹿。行者掩上宫门，把脸一抹，现了本象。对娘娘道：『你休怕我。我是东土大唐差往大西天天竺国雷音寺见佛求经的和尚。我师父是唐王御弟唐三藏。我是他大徒弟孙悟空。因过你国倒换关文，见你君臣出榜招医，是我大施三折之肱，把他相思之病治好了。排宴谢我，饮酒之间，说出你被妖摄来，我会降龙伏虎，特请我来捉怪，救你回国。那战败先锋是我，打死小妖也是我。我见他门外凶狂，是我变作有来有去模样，舍身到此，与你通信。』那娘娘听说，沉吟不语。行者取出宝串，双手奉上道：『你若不信，看此物何来。』娘娘一见垂泪，下座拜谢道：『长老，你果是救得我回朝，没齿不忘大恩！』

行者道：『我且问你，他那放火，放烟，放沙的，是件甚么宝贝？』娘娘道：『那里是甚宝贝！乃是三个金铃。他将头一个幌一幌，有三百丈火光烧人；第二个幌一幌，有三百丈烟光熏人；第三个幌一幌，有三百丈黄沙迷人。烟、火还不打紧，只是黄沙最毒。若钻入人鼻孔，就伤了性命。』行者道：『利害！利害！我曾经着，打了两个嚏喷，却不知他的铃儿放在何处？』娘娘道：『他那肯放下，只是带在腰间，行住坐卧，再不离身。』行者道：『你若有意于朱紫国，还要相会国王，把那烦恼忧愁，都且权解，使出个风流喜悦之容，与他叙个夫妻之情，教他把铃儿与你收贮。待我取便偷了，降了这妖怪，那时节，好带你回去，重谐鸾凤，共享安宁也。』那娘娘依言。

这行者还变作心腹小校，开了宫门，唤进左右侍婢。娘娘叫：『有来有去，快往前亭，请你大王来，与他说话。』好行者，应了一声，即至剥皮亭，对妖精道：『大王，圣宫娘娘有请。』妖王欢喜道：『娘娘常时只骂，怎么今日有请？』行者道：『那娘娘问朱紫国王之事，是我说：「他不要你了，他国中另扶了皇后。」娘娘听说，故此没了想头，方才命我来奉请。』妖王大喜道：『你却中用。待我剿除了他国，封你为个随朝的太宰。』

行者顺口谢恩，疾与妖王来至后宫门首。那娘娘欢容迎接，就去用手相搀。那妖王喏喏而退道：『不敢！不敢！多承娘娘下爱，我怕手痛，不敢相傍。』娘娘道：『大王请坐，我与你说。』妖王道：『有话但说不妨。』娘娘道：『我蒙大王辱爱，今已三年，未得共枕同衾。也是前世之缘，做了这场夫妻；谁知大王有外我之意，不以夫妻相待。我想着当时在朱紫国为后，外邦凡进贡之宝，君看毕，一定与后收之。你这里更无甚么宝贝，左右穿的是貂裘，吃的是血食，那曾见绫锦金珠！只一味铺皮盖毯。或者就有些宝贝，你因外我，也不教我看见，也不与我收着。且如闻得你有三个铃铛，想就是件宝贝，你怎么走也带着，坐也带着？你就拿与我收着，待你用时取出，未为不可。此也是做夫妻一场，也有个心腹相托之意。如此不相托付，非外我而何？』

妖王大笑陪礼道：『娘娘怪得是，怪得是。宝贝在此，今日就当付你收之。』便即揭衣取宝。行者在旁，眼不转睛，看着那怪揭起两三层衣服，贴身带着三个铃儿。他解下来，将些绵花塞了口儿，把一块豹皮作一个包袱儿包了，递与娘娘道：『物虽微贱，却要用心收藏，切不可摇幌着他。』娘娘接过手道：『我晓得。安在这妆台之上，无人摇动。』叫：『小的们，安排酒来，我与大王交欢会喜，饮几杯儿。』众侍婢闻言，即铺排果菜，摆上些獐豝鹿兔之肉，将椰子酒斟来奉上。那娘娘做出妖娆之态，哄着精灵。

孙行者在旁取事，但挨挨摸摸，行近妆台，把三个金铃轻轻拿过，慢慢移步，溜出宫门，径离洞府。到了剥皮亭前，无人处，展开豹皮幅子看时，中间一个，有茶钟大；两头两个，有拳头大。他不知利害，就把绵花扯了。只闻得当的一声响喨，骨都都的迸出烟火黄沙，急收不住，满亭中烘烘火起。唬得那把门精怪，一拥撞入后宫，惊动了妖王，慌忙教：『去救火！救火！』出来看时，原来是有来有去拿了金铃儿哩。妖王上前喝道：『好贱奴！怎么偷了我的金铃宝贝，在此胡弄！』叫：『拿来！拿来！』那门前虎将、熊师、豹头、彪帅、獭象、苍狼、乖獐、狡兔、长蛇、大蟒、猩猩，帅众妖一齐攒簇。

那行者慌了手脚，丢了金铃，现出本象。掣出金箍如意棒，撒开解数，往前乱打。那妖王收了宝贝，传号令，教：『关了前门！』众妖听了，关门的关门，打仗的打仗。

那行者难得脱身，收了棒，摇身一变，变作个痴苍蝇儿，钉在那无火处石壁上。众妖寻不见。报道：『大王，走了贼也！走了贼也！』妖王问：『可曾自门里走出去？』众妖都说：『前门紧锁牢拴在此，不曾走出。』妖王只说：『仔细搜寻！』有的取水泼火，有的仔细搜寻，更无踪迹。妖王怒道：『是个甚么贼子，好大胆，变作有来有去的模样，进来见我回话，又跟在身边，乘机盗我宝贝！早是不曾拿将出去，若拿出山头，见了天风，怎生是好？』虎将上前道：『大王的洪福齐天，我等的气数不尽，故此知觉了。』熊师上前道：『大王，这贼不是别人，定是那战败先锋的那个孙悟空。想必路上遇着有来有去，伤了性命，夺了黄旗、铜锣、牙牌，变作他的模样，到此欺骗了大王也。』妖王道：『正是，正是，见得有理！』叫，『小的们，仔细搜求防避，切莫开门放出走了！』这才是个有分教：

弄巧翻成拙，作耍却为真。

毕竟不知孙行者怎么脱得妖门，且听下回分解。

行者假名降怪犼

行者假名降怪犼

行者喝道：『贼泼怪！说话无知！我受朱紫国拜请之礼，又蒙他称呼管待之恩，我老孙比那王位还高千倍，他敬之如父母，事之如神明，你怎么说出「为奴」二字！我把你这诳上欺君之怪，不要走，吃外公一棒！』那妖慌了手脚，即闪身躲过，使宣花斧劈面相迎。

第七十一回 行者假名降怪犼 观音现象伏妖王

色即空兮自古，空言是色如然。人能悟彻色空禅，何用丹砂炮炼。德行全修休懈，工夫苦用熬煎。有时行满始朝天，永驻仙颜不变。

话说那赛太岁，紧关了前后门户，搜寻行者。直嚷到黄昏时分，不见踪迹。坐在那剥皮亭上，点聚群妖，发号施令，都教各门上提铃喝号，击鼓敲梆；一个个弓上弦，刀出鞘，支更坐夜。原来孙大圣变做个痴苍蝇，钉在门旁。见前面防备甚紧，他即抖开翅，飞入后宫门首看处，见金圣娘娘伏在御案上，清清滴泪，隐隐声悲。行者飞进门去，轻轻的落在他那乌云散髻之上，听他哭的甚么。少顷间，那娘娘忽失声道：『主公啊！我和你：

前生烧了断头香，今世遭逢泼怪王。

折风三年何日会？分鸳两处致悲伤。
差来长老才通信，惊散佳姻一命亡。
只为金铃难解识，相思又比旧时狂。』

行者闻言，即移身到他耳根后，悄悄的叫道：『圣宫娘娘，你休恐惧。我还是你国差来的神僧孙长老，未曾伤命。只因自家性急，近妆台偷了金铃，你与妖王吃酒之时，我却脱身私出了前亭，忍不住打开看看。不期扯动那塞口的绵花，那铃响一声，迸出烟火黄沙。我就慌了手脚，把金铃丢了，现出原身，使铁棒，苦战不出。恐遭毒手，故变作一个苍蝇儿，钉在门枢上，躲到如今。那妖王愈加严紧，不肯开门。你可去再以夫妻之礼，哄他进来安寝，我好脱身行事，别作区处救你也。』

娘娘一闻此言，战兢兢，发似神揪；虚怯怯，心如杵筑。泪汪汪的道：『你如今是人是鬼？』行者道：『我也不是人，我也不是鬼，如今变作个苍蝇儿在此。你休怕，快去请那妖王也。』娘娘不信，泪滴滴悄语低声道：『你莫魇寐我。』行者道：『我岂敢魇寐你？你若不信，展开手，等我跳下来你看。』那娘娘真个把左手张开，行者轻轻飞下，落在他玉掌之间，好便似：

菡萏蕊头钉黑豆，牡丹花上歇游蜂；
绣球心里葡萄落，百合枝边黑点浓。

金圣宫高擎玉掌，叫声：『神僧。』行者嘤嘤的应道：『我是神僧变的。』那娘娘方才信了，悄悄的道：『我去请那妖王来时，你却怎生行事？』行者道：『古人云：「断送一生惟有酒。」又云：「破除万事无过酒。」酒之为用多端。你只以饮酒为上。你将那贴身的侍婢，唤一个进来，指与我看，我就变作他的模样，在旁边伏侍，却好下手。」

那娘娘真个依言，即叫：「春娇何在？」那屏风后转出一个玉面狐狸来，跪下道：「娘娘唤春娇有何使令？」娘娘道：「你去叫他们来点纱灯，焚脑麝，扶我上前庭，请大王安寝也。」那春娇即转前面，叫了七八个怪鹿妖狐，打着两对灯龙，一对提炉，摆列左右。娘娘欠身叉手，那大圣早已飞去。好行者，展开翅，径飞到那玉面狐狸头上，拔下一根毫毛，吹口仙气，叫「变！」变作一个瞌睡虫，轻轻的放在他脸上。原来瞌睡虫到了人脸上，往鼻孔里爬；爬进孔中，即瞌睡了。那春娇果然渐觉困倦，立不住脚，摇桩打盹，即忙寻着原睡处，丢倒头，只情呼呼的睡起。行者跳下来，摇身一变，变做那春娇一般模样，转屏风，与众排立不题。

却说那金圣宫娘娘往前正走，有小妖看见，即报赛太岁道：「大王，娘娘来了。」那妖王急出剥皮亭外迎迓。娘娘道：「大王啊，烟火既息，贼已无踪，深夜之际，特请大王安置。」那妖满心欢喜道：「娘娘珍重。却才那贼乃是孙悟空。他败了我先锋，打杀我小校，变化进来，哄了我们。我们这般搜检，他却渺无踪迹，故此心上不安。」娘娘道：「那厮想是走脱了。大王放心勿虑，且自安寝去也。」

妖精见娘娘侍立敬请，不敢坚辞，只得吩咐群妖，各要小心火烛，谨防盗贼，遂与娘娘径往后宫。行者假变春娇，从两班侍婢引入。娘娘叫：「安排酒来与大王解劳。」妖王笑道：「正是，正是。快将酒来，我与娘娘压惊。」「假春娇」即同众怪铺排了果品，整顿些腥肉，调开桌椅。那娘娘擎杯，这妖王也以一杯奉上，二人穿换了酒杯。「假春娇」在旁，执着酒壶道：「大王与娘娘今夜才递交杯盏，请各饮干，穿个双喜杯儿。」真个又各斟上，又饮干了。「假春娇」又道：「大王娘娘喜会，众侍婢会唱的供唱，善舞的起舞来耶。」说未毕，只听得一派歌声，齐调音律，唱的唱，舞的舞。他两个又饮了许多，娘娘叫住了歌舞。众侍婢分班，出屏风外摆列；惟有「假春娇」执壶，上下奉酒。娘娘与那妖王专说得是夫妻之话。你看那娘娘一片云情雨意，哄得那妖王骨软筋麻。只是没福，不得沾身。可怜！真是『猫咬尿胞空欢喜』！

叙了一会，笑了一会，娘娘问道：『大王，宝贝不曾伤损么？』妖王道：『这宝贝乃先天抟铸之物，如何得损！只是被那贼扯开塞口之绵，烧了豹皮包袱也。』娘娘说：『怎生收拾？』妖王道：『不用收拾，我带在腰间哩。』『假春娇』闻得此言，即拔下毫毛一把，嚼得粉碎，轻轻挨近妖王，将那毫毛放在他身上，吹了三口仙气，暗暗的叫：『变！』那些毫毛即变做三样恶物，乃虱子、虼蚤、臭虫，攻入妖王身内，挨着皮肤乱咬。那妖王燥痒难禁，伸手入怀揣摸揉痒，用指头捏出几个虱子来，拿近灯前观看。娘娘见了，含忖道：『大王，想是衬衣禳了，久不曾浆洗，故生此物耳。』妖王惭愧道：『我从来不生此物，可可的今宵出丑。』娘娘笑道：『大王何为出丑？常言道：「皇帝身上也有三个御虱」哩。且脱下衣服来，等我替你捉捉。』妖王真个解带脱衣。

『假春娇』在旁，着意看着那妖王身上，衣服层层皆有虼蚤跳，件件皆排大臭虫；子母虱，密密浓浓，就如蝼蚁出窝中。不觉的揭到第三层见肉之处，那金铃上纷纷垓垓的，也不胜其数。『假春娇』道：『大王，拿铃子来，等我也与你捉捉虱子。』那妖王一则羞，二则慌，却也不认得真假，将三个铃儿递与『假春娇』。『假春娇』接在手中，卖弄多时，见那妖王低着头抖这衣服，他即将金铃藏了，拔下一根毫毛，变作三个铃儿，一般无二，拿向灯前翻检；却又把身子扭扭捏捏的，抖了一抖，将那虱子、臭虫、虼蚤，收了归在身上，把假金铃儿递与那怪。

那怪接在手中，一发朦胧无措，那里认得甚么真假，双手托着那铃儿，递与娘娘道：『今番你却收好了。却要仔细仔细，不要像前一番。』那娘娘接过来，轻轻的揭开衣箱，把那假铃收了，用黄金锁锁了。却又与妖王叙饮了几杯酒，教侍婢：『净拂牙床，展开锦被，我与大王同寝。』那妖王诺诺连声道：『没福，没福，不敢奉陪。我还带个宫

女往西宫里睡去。娘娘请自安置。』遂此各归寝处不题。

却说『假春娇』得了手，将他宝贝带在腰间，现了本象，把身子抖一抖，收去那个瞌睡虫儿，径往前走，只听得梆铃齐响，紧打三更，好行者，捏着诀，念动真言，使个隐身法，直至门边。又见那门上拴锁甚密，却就取出金箍棒，望门一指，使出那解锁之法，那门就轻轻开了。急拽步出门站下，厉声高叫道：『赛太岁！还我金圣娘娘来！』连叫两三遍，惊动大小群妖，急急看处，前门开了，即忙掌灯寻锁，把门儿依然锁上，着几个跑入里边去报道：『大王！有人在大门外呼唤大王尊号，要金圣娘娘哩！』那里边侍婢，即出宫门，悄悄的传言道：『莫吆喝，大王才睡着了。』行者又在门前高叫，那小妖又不敢去惊动。如此者三四遍，俱不敢去通报。

那大圣在外嚷嚷闹闹的，直弄到天晓。忍不住，手轮着铁棒，上前打门。慌得那大小群妖，顶门的顶门，报信的报信。那妖王一觉方醒，只闻得乱撺撺的喧哗，起身穿了衣服，即出罗帐之外，问道：『嚷甚么？』众侍婢才跪下道：『爷爷，不知是甚人在洞外叫骂了半夜，如今却又打门。』

妖王走出宫门，只见那几个传报的小妖，慌张张的磕头道：『外面有人叫骂，要金圣宫娘娘哩！若说半个「不」字，他就说出无数的歪话，甚不中听。见天晓大王不出，逼得打门也。』那妖道：『且休开门。你去问他是那里来的，姓甚名谁。快来回报。』

小妖急出去，隔门问道：『打门的是谁？』行者道：『我是朱紫国拜请来的外公，来取圣宫娘娘回国哩！』那小妖听得，即以此言回报。那妖随往后宫，查问来历。原来那娘娘才起来，还未梳洗。早见侍婢来报：『爷爷来了。』那娘娘急整衣，散挽黑云，出宫迎迓。才坐下，还未及问，又听得小妖来报：『那来的外公已将门打破矣。』那妖笑道：『娘娘，你朝中有多少将帅？』娘娘道：『在朝有四十八卫人马，良将千员；各边上元帅总兵，不计其数。』妖王道：『可有个姓外的么？』娘娘道：『我在宫，只知内里辅助君王，早晚教诲妃嫔，外事无边，我怎记得名姓！』妖王道：『这来者称为「外公」，我想着《百家姓》上，更无个姓外的。娘娘赋性聪明，出身高贵，居皇宫之中，必多览书籍。记得那本书上有此姓也？』娘娘道：『止《千字文》上有句「外受傅训」，想必就是此矣。』

妖王喜道：『定是，定是。』即起身辞了娘娘，到剥皮亭上，结束整齐，点出妖兵，开了门，直至外面，手持一柄宣花钺斧，厉声高叫道：『那个是朱紫国来的「外公」？』行者把金箍棒攥在右手，将左手指定道：『贤甥，叫我怎的？』那妖王见了，心中大怒道：『你这厮：

相貌若猴子，嘴脸似猢狲。
七分真是鬼，大胆敢欺人！』

行者假名降怪犼
观音现象伏妖王

好猴子，一把攥了三个铃儿，一齐摇起。你看那红火、青烟、黄沙，一齐滚出，骨都都燎树烧山！大圣口里又念个咒语，望巽地上叫：『风来！』真个是风催火势，火挟风威，红焰焰，黑沉沉，满天烟火，遍地黄沙！把那赛太岁唬得魄散魂飞，走头无路，在那火当中，怎逃性命！

行者笑道：『你这个诳上欺君的泼怪，原来没眼！想我五百年前大闹天宫时，九天神将见了我，无一个「老」字，不敢称呼；你叫我声「外公」，那里亏了你！』妖王喝道：『快早说出姓甚名谁，有些甚么武艺，敢到我这里猖獗！』行者道：『你若不问姓名犹可，若要我说出姓名，只怕你立身无地！你上来，站稳着，听我道：

生身父母是天地，日月精华结圣胎。仙石怀抱无岁数，灵根孕育甚奇哉。当年产我三阳泰，今日归真万会谐。曾聚众妖称帅首，能降众怪拜丹崖。玉皇大帝传宣旨，太白金星捧诏来。请我上天承职裔，官封「弼马」不开怀。初心造反谋山洞，大胆兴兵闹御阶。托塔天王并太子，交锋一阵尽猥衰。金星复奏玄穹帝，再降招安敕旨来。封做齐天真大圣，那时方称栋梁材。又因搅乱蟠桃会，仗酒偷丹惹下灾。太上老君亲奏驾，西池王母拜瑶台。情知是我欺王法，即点天兵发火牌。十万凶星并恶曜，干戈剑戟密排排。天罗地网漫山布，齐举刀兵大会垓。恶斗一场无胜败，观音推荐二郎来。两家对敌分高下，他有梅山兄弟侪。各逞英雄施变化，天门三圣拨云开。老君丢了金钢套，众神擒我到金阶。不须详允书供状，罪犯凌迟杀斩灾。斧剁锤敲难损命，刀轮剑砍怎伤怀。火烧雷打只如此，无计摧残长寿胎。押赴太清兜率院，炉中煅炼尽安排。日期满足才开鼎，我向当中跳出来。手挺这条如意棒，翻身打上玉龙台。各星各象皆潜躲，大闹天宫任我歪。巡视灵官忙请佛，释伽与我逞英才。手心之内翻筋斗，游遍周天去复来。佛使先知赚哄法，被他压住在天崖。到今五百余年矣，解脱微躯又弄乖。特保唐僧西域去，悟空行者甚明白。西方路上降妖怪，那个妖邪不惧哉！』

那妖王听他说出悟空行者，遂道：『你原来是大闹天宫的那厮。你既脱身保唐僧西去，你走你的路去便罢了，怎么罗织管事，替那朱紫国为奴，却到我这里寻死！』行者喝道：『贼泼怪！说话无知！我受朱紫国拜请之礼，又蒙他称呼管待之恩，我老孙比那王位还高千倍，他敬之如父母，事之如神明，你怎么说出「为奴」二字！我把你这诳上欺君之怪，不要走，吃外公一棒！』那妖慌了手脚，即闪身躲过，使宣花斧劈面相迎。这一场好杀！你看：

金箍如意棒，风刃宣花斧。一个咬牙发狠凶，一个切齿施威武。这个是齐天大圣降临凡，那个是作怪妖王来下土。两个喷云嗳雾照天宫，真是走石扬沙遮斗府。往往来来解数多，翻翻复复金光吐。齐将本事施，各把神通赌。这个要取娘娘转帝都，那个喜同皇后居山坞。这场都是没来由，舍死忘生因国主。

他两个战经五十回合，不分胜负。那妖王见行者手段高强，料不能取胜，将斧架住他的铁棒道：『孙行者，你且住了。我今日还未早膳，待我进了膳，再来与你定雌雄。』行者情知是要取铃铛，收了铁棒道：『「好汉子不赶乏兔儿」，你去，你去！吃饱些，好来领死！』

那妖急转身闯入里边，对娘娘道：『快将宝贝拿来！』娘娘道：『要宝贝何干？』妖王道：『今早叫战者，乃是取经的和尚之徒，叫做孙悟空行者，假称「外公」。我与他战到此时，不分胜负。等我拿宝贝出去，放些烟火，烧这猴头。』娘娘见说，心中怛突：欲不取出铃儿，恐他见疑；欲取出铃儿，又恐伤了孙行者性命。正自踌躇未定，那妖王又催逼道：『快拿出来！』这娘娘无奈，只得将锁钥开了，把三个铃儿递与妖王。妖王拿了，就走出洞。娘娘坐在宫中，泪如雨下，思量行者不知可能逃得性命。两人却俱不知是假铃也。

那妖出了门，就占起上风，叫道：『孙行者，休走！看我摇摇铃儿！』行者笑道：『你有铃，我就没铃？你会摇，我就不会摇？』妖王道：『你有甚么铃儿，拿出来我看。』行者将铁棒捏做个绣花针儿，藏在耳内，却去腰间解下三个真宝贝来，对妖王说：『这不是我的紫金铃儿？』妖王见了，心惊道：『跷蹊，跷蹊！他的铃儿怎么与我的铃儿就一般无二！纵然是一个模子铸的，好道打磨不到，也有多个瘢儿，少个蒂儿，却怎么这等一毫不差？』又问：『你那铃儿是那里来的？』行者道：『贤甥，你那铃儿却是那里来的？』妖王老实，便就说道：『我这铃儿是：

太清仙君道源深，八卦炉中久炼金。
结就铃儿称至宝，老君留下到如今。』

行者笑道：『老孙的铃儿，也是那时来的。』妖王道：『怎生出处？』行者道：『我这铃儿是：

道祖烧丹兜率宫，金铃抟炼在炉中。
二三如六循环宝，我的雌来你的雄。』

妖王道：『铃儿乃金丹之宝，又不是飞禽走兽，如何辨得雌雄？但只是摇出宝来，就是好的！』行者道：『口说无凭，做出便见。且让你先摇。』那妖王真个将头一个铃儿幌了三幌，不见火出；第二个幌了三幌，不见烟出；第三个幌了三幌，也不见沙出。妖王慌了手脚道：『怪哉，怪哉！世情变了！这铃儿想是惧内，雄见了雌，所以不出来了。』

行者道：『贤甥，住了手，等我也摇摇你看。』好猴子，一把攥了三个铃儿，一齐摇起。你看那红火、青烟、黄沙，一齐滚出，骨都都燎树烧山！大圣口里又念个咒语，望巽地上叫：『风来！』真个是风催火势，火挟风威，红焰焰，黑沉沉，满天烟火，遍地黄沙！把那赛太岁唬得魄散魂飞，走头无路，在那火当中，怎逃性命！只闻得半空中厉声高叫：『孙悟空，我来了也！』行者急回头上望，原来是观音菩萨，左手托着净瓶，右手拿着杨柳，洒下甘露救火哩。慌得行者把铃儿藏在腰间，即合掌倒身下拜。那菩萨将柳枝连拂几点甘露，霎时间，烟火俱无，黄沙绝迹。行者叩头道：『不知大慈临凡，有失回避。敢问菩萨何往？』菩萨道：『我特来收寻这个妖怪物。』

行者道：『这怪是何来历，敢劳金身下降收之？』菩萨道：『他是我跨的个金毛犼。因牧童盹睡，失于防守，这孽畜咬断铁索走来，却与朱紫国王消灾也。』行者闻言，急欠身道：『菩萨反说了。他在这里欺君骗后，败俗伤风，与那国王生灾，却说是消灾，何也？』菩萨道：『你不知之。当时朱紫国先王在位之时，这个王还做东宫太子，未曾登基。他年幼间，极好射猎。他率领人马，纵放鹰犬，正来到落凤坡前，有西方佛母孔雀大明王菩萨所生二子，乃雌雄两个雀雏，停翅在山坡之下，被此王弓开处，射伤了雌孔雀，那雌孔雀也带箭归西。佛母忏悔以后，吩咐教他拆凤三年，身耽啾疾。那时节，我跨着这犼，同听此言，不期这孽畜留心，故来骗了皇后，与王消灾。至今三年，冤愆满足，幸你来救治王患。我特来收妖邪也。』行者道：『菩萨，虽是这般故事，奈何他玷污了皇后，败俗伤风，坏伦乱法，却是该他死罪。今蒙菩萨亲临，饶得他死罪，却饶不得他活罪。让我打他二十棒，与你带去罢。』菩萨道：『悟空，你既知我临凡，就当看我分上，一发都饶了罢；也算你一番降妖之功。若是动了棍子，他也就是死了。』行者不敢违言，只得拜道：『菩萨既收他回海，再不可令他私降人间，贻害不浅！』

观音现象伏妖王

只闻得半空中厉声高叫：『孙悟空，我来了也！』行者急回头上望，原来是观音菩萨，左手托着净瓶，右手拿着杨柳，洒下甘露救火哩。慌得行者把铃儿藏在腰间，即合掌倒身下拜。那菩萨将柳枝连拂几点甘露，霎时间，烟火俱无，黄沙绝迹。

那菩萨才喝了一声：『孽畜！还不还原，待何时也！』只见那怪打个滚，现了原身，将毛衣抖抖，菩萨骑上。

菩萨又望项下一看，不见那三个金铃。菩萨道：『悟空，还我铃来。』行者道：『老孙不知。』菩萨喝道：『你这贼猴！若不是你偷了这铃，莫说一个悟空，就是十个，也不敢近身！快拿出来！』行者笑道：『实不曾见。』菩萨道：『既不曾见，等我念念《紧箍儿咒》。』那行者慌了，只教：『莫念，莫念！铃儿在这里哩！』这正是：

项金铃何人解？解铃人还问系铃人。

菩萨将铃儿套在犼项下，飞身高坐。你看他四足莲花生焰焰，满身金缕迸森森。大慈悲回南海不题。

却说孙大圣整束了衣裙，轮铁棒打进獬豸洞去，把群妖众怪，尽情打死，剿除干净。直至宫中，请圣宫娘娘回国。那娘娘顶礼不尽。行者将菩萨降妖并拆凤原由备说了一遍，寻些软草，扎了一条草龙，教：『娘娘跨上，合着眼，莫怕，我带你回朝见主也。』

那娘娘谨遵吩咐，行者使起神通，只听得耳内风响，半个时辰，带进城，按落云头，叫：『娘娘开眼。』那皇后睁开眼看，认得是凤阁龙楼，心中欢喜，撇了草龙，与行者同登宝殿。那国王见了，急下龙床，就来扯娘娘玉手，欲诉离情，猛然跌倒在地，只叫：『手疼！手疼！』八戒哈哈大笑道：『嘴脸，没福消受，一见面就蜇杀了也！』行者道：『呆子，你敢扯他扯儿么？』八戒道：『就扯他扯儿便怎的？』行者道：『娘娘身上生了毒刺，手上有蜇阳之毒。自到麒麟山，与那赛太岁三年，那妖更不曾沾身。但沾身就害身疼，但沾手就害手疼。』众官听说，道：『似此怎生奈何？』此时外面众官忧疑，内里妃嫔悚惧，旁有玉圣、银圣二宫，将君王扶起。

俱正在仓皇之际，忽听得那半空中，有人叫道：『大圣，我来也。』行者抬头观看，只见那：

肃肃冲天鹤唳，飘飘径至朝前。缭绕祥光道道，氤氲瑞气翩翩。棕衣苫体放云烟，足踏芒鞋罕见。手执龙须蝇帚，丝绦腰下围缠。乾坤处处结人缘，大地逍遥游遍。此乃是大罗天上紫云仙，今日临凡解魇。

行者上前迎住道：『张紫阳何往？』紫阳真人直至殿前，躬身施礼道：『大圣，小仙张伯端起手。』行者答礼道：『你从何来？』真人道：『小仙三年前曾赴佛会。因打这里经过，见朱紫国王有拆凤之忧，我恐那妖将皇后玷辱，有坏人伦，后日难与国王复合。是我将一件旧棕衣变作一领新霞裳，光生五彩，进与妖王，教皇后穿了妆新。那皇后穿上身，即生一身毒刺。毒刺者，乃棕毛也。今知大圣成功，特来解魇。』行者道：『既如此，累你远来，且快解脱。』真人走向前，对娘娘用手一指，即脱下那件棕衣。那娘娘遍体如旧。真人将衣抖一抖，披在身上，对行者道：『大圣勿罪，小仙告辞。』行者道：『且住，待君王谢谢。』真人笑道：『不劳，不劳。』遂长揖一声，腾空而去。慌得那皇帝、皇后及大小众臣，一个个望空礼拜。

拜毕，即命大开东阁，酬谢四僧。那君王领众跪拜，夫妻才得重谐。正当欢宴时，行者叫：『师父，拿那战书来。』长老袖中取出，递与行者。行者递与国王道：『此书乃那怪差小校送来者。那小校已先被我打死，送来报功。后复至山中，变作小校，进洞回复，因得见娘娘，盗出金铃，几乎被他拿住；又变化，复偷出，与他对敌。幸遇观音菩萨将他收去，又与我说拆凤之故。……』从头至尾，细说了一遍。那举国君臣内外，无一人不感谢称赞。唐僧道：『一则是贤王之福，二来是小徒之功。今蒙盛宴，至矣！至矣！就此拜别，不要误贫僧向西去也。』那国王恳留不得，遂换了关文，大排銮驾，请唐僧稳坐龙车，那君王、妃后，俱捧毂推轮，相送而别。正是：

有缘洗尽忧疑病，绝念无思心自宁。

毕竟这去，后面再有甚么吉凶之事，且听下回分解。

盘丝洞七情迷本

三藏看得时辰久了，只得走上桥头，应声高叫道：『女菩萨，贫僧这里随缘布施些儿斋吃。』那些女子听见，一个个喜喜欢欢抛了针线，撇了气球，都笑笑吟吟的接出门来道：『长老，失迎了。今到荒庄，决不敢拦路斋僧，请里面坐。』

第七十二回　盘丝洞七情迷本　濯垢泉八戒忘形

话表三藏别了朱紫国王，整顿鞍马西进。行够多少山原，历尽无穷水道，不觉的秋去冬残，又值春光明媚。师徒们正在路踏青玩景，忽见一座庵林。三藏滚鞍下马，站立大道之旁。行者问道：『师父，这条路平坦无邪，因何不走？』八戒道：『师兄好不通情！师父在马上坐得困了，也让他下来关关风是。』三藏道：『不是关风；我看那里是个人家，意欲自去化些斋吃。』行者笑道：『你看师父说的是那里话。你要吃斋，我自去化。俗语云：「一日为师，终身为父。」岂有为弟子者高坐，教师父去化斋之理？』三藏道：『不是这等说。平日间一望无边无际，你们没远没近的去化斋，今日人家逼近，可以叫应，也让我去化一个来。』八戒道：『师父没主张。常言道：「三人出外，小的儿苦。」你况是个父辈，我等俱是弟子。古书云：「有事弟子服其劳。」等我老猪去。』三藏道：『徒弟啊，今日天气晴朗，与那风雨之时不同。那时节，汝等必定远去；此个人家，等我去。有斋无斋，可以就回走路。』沙僧在旁笑道：『师兄，不必多讲。师父的心性如此，不必违拗。若恼了他，就化将斋来，他也不吃。』

八戒依言，即取出钵盂，与他换了衣帽。拽开步，直至那庄前观看，却也好座住场。但见：

石桥高耸，古树森齐：石桥高耸，潺潺流水接长溪；古树森齐，聒聒幽禽鸣远岱。桥那边有数椽茅屋，清清雅雅若仙庵；又有那一座蓬窗，白白明明欺道院。窗前忽见四佳人，都在那里刺凤描鸾做针线。

长老见那人家没个男儿，只有四个女子，不敢进去。将身立定，闪在乔林之下。只见那女子，一个个：

闺心坚似石，兰性喜如春。
娇脸红霞衬，朱唇绛脂匀。
蛾眉横月小，蝉鬓迭云新。
若到花间立，游蜂错认真。

少停有半个时辰，一发静悄悄，鸡犬无声。自家思虑道：『我若没本事化顿斋饭，也惹那徒弟笑我：敢道为师的化不出斋来，为徒的怎能去拜佛？』

长老没计奈何，也带了几分不是，趋步上桥。又走了几步，只见那茅屋里面有一座木香亭子，亭子下又有三个女子在那里踢气球哩。你看那三个女子，比那四个又生得不同。但见那：

飘扬翠袖，摇拽缃裙：飘扬翠袖，低笼着玉笋纤纤；摇拽缃裙，半露出金莲窄窄。形容体势十分全，动静脚跟千样踢。拿头过论有高低，张泛送来真又楷。转身踢个出墙花，退步翻成大过海。轻接一团泥，单枪急对拐。明珠上佛头，实捏来尖撑。窄砖偏会拿，卧鱼将脚挃。平腰折膝蹲，扭顶翘跟蹦。扳凳能喧泛，披肩甚脱洒。绞裆任往来，锁项随摇摆。踢的是黄河水倒流，金鱼滩上买。那个错认是头儿，这个转身就打拐。端然捧上臁，周正尖来捽。提跟潩草鞋，倒插回头采。退步泛肩妆，钩儿只一歹。版篓下来长，便把夺门揣。踢到美心时，佳人齐喝采。一个个汗流粉腻透罗裳，兴懒情疏方叫海。

言不尽，又有诗为证，诗曰：

蹴踘当场三月天，仙风吹下素婵娟。
汗沾粉面花含露，尘染蛾眉柳带烟。
翠袖低垂笼玉笋，缃裙斜拽露金莲。
几回踢罢娇无力，云鬓蓬松宝髻偏。

三藏看得时辰久了，只得走上桥头，应声高叫道：『女菩萨，贫僧这里随缘布施些儿斋吃。』那些女子听见，一个个喜喜欢欢抛了针线，撇了气球，都笑笑吟吟的接出门来道：『长老，失迎了。今到荒庄，决不敢拦路斋僧，请里面坐。』三藏闻言，心中暗道：『善哉，善哉！西方正是佛地！女流尚且注意斋僧，男子岂不虔心向佛？』

长老向前问讯了，相随众女入茅屋。过木香亭看处，呀！原来那里边没甚房廊，只见那：

峦头高耸，地脉遥长：峦头高耸接云烟，地脉遥长通海岳。门近石桥，九曲九湾流水顾；园栽桃李，千株千颗斗秾华。藤薜挂悬三五树，芝兰香散万千花。远观洞府欺蓬岛，近睹山林压太华。正是妖仙寻隐处，更无邻舍独成家。

有一女子上前，把石头门推开两扇，请唐僧里面坐。那长老只得进去。忽抬头看时，铺设的都是石桌、石凳，冷气阴阴。长老心惊，暗自思忖道：『这去处少吉多凶，断然不善。』众女子喜笑吟吟，都道：『长老请坐。』长老没奈何，只得坐了。少时间，打个冷禁。众女子问道：『长老是何宝山？化甚么缘？还是修桥补路，建寺礼塔，还是造佛印经？请缘簿出来看看。』长老道：『我不是化缘的和尚。』女子道：『既不化缘，到此何干？』长老道：『我是东土大唐差去西天大雷音求经者。适过宝方，腹间饥馁，特造檀府，募化一斋，贫僧就行也。』众女子道：『好！好！好！常言道：「远来的和尚好看经。」妹妹们！不可怠慢，快办斋来。』

此时有三个女子陪着，言来语去，论说些因缘。那四个到厨中撩衣敛袖，炊火刷锅。你道他安排的是些甚么东西？原来是人油炒炼，人肉煎熬；熬得黑糊充作面筋样子，剜的人脑煎作豆腐块片。两盘儿捧到石桌上放下，对长老道：『请了。仓卒间，不曾备得好斋，且将就吃些充腹。后面还有添换来也。』

那长老闻了一闻，见那腥膻，不敢开口，欠身合掌道：『女菩萨，贫僧是胎里素。』众女子笑道：『长老，此是素的。』长老道：『阿弥陀佛！若像这等素的啊，我和尚吃了，莫想见得世尊，取得经卷。』众女子道：『长老，你出家人，切莫拣人布施。』长老道：『怎敢，怎敢！我和尚奉大唐旨意，一路西来，微生不损，见苦就救；遇谷粒手拈入口，逢丝缕联缀遮身，怎敢拣主布施！』众女子笑道：『长老虽不拣人布施，却只有些上门怪人。莫嫌粗淡，吃些儿罢。』长老道：『实是不敢吃，恐破了戒。望菩萨养生不若放生，放我和尚出去罢。』

那长老挣着要走，那女子拦住门，怎么肯放，俱道：『上门的买卖，倒不好做！「放了屁儿，却使手掩。」你往那里去？』他一个个都会些武艺，手脚又活，把长老扯住，顺手牵羊，扑的掼倒在地。众人按住，将绳子捆了，悬梁高吊。这吊有个名色，叫做『仙人指路』。原来是一只手向前，牵丝吊起；一只手拦腰捆住，将绳吊起；两只脚向后一条绳吊起：三条绳把长老吊在梁上，却是脊背朝上，肚皮朝下。那长老忍着疼，噙着泪，心中暗恨道：『我和尚这等命苦！只说是好人家化顿斋吃，岂知道落了火坑！徒弟啊！速来救我，还得见面；但迟两个时辰，我命休矣！』

那长老虽然苦恼，却还留心看着那些女子。那些女子把他吊得停当，便去脱剥衣服。长老心惊，暗自忖道：『这一脱了衣服，是要打我的情了。或者夹生儿吃我的情也有哩。』原来那女子们只解了上身罗衫，露出肚腹，各显神通：一个个腰眼中冒出丝绳，有鸭蛋粗细，骨都都的，迸玉飞银，时下把庄门瞒了不题。

却说那行者、八戒、沙僧，都在大道之旁。他二人都放马看担，惟行者是个顽皮，他且跳树攀枝，摘叶寻果。忽回头，只见一片光亮，慌得跳下树来，吆喝道：『不好，不好！师父造化低了！』行者用手指道：『你看那庄院如何？』八戒、沙僧共目视之，那一片，如雪又亮如雪，似银又光似银。八戒道：『罢了，罢了！师父遇着妖精了！我们快去救他也！』行者道：『贤弟莫嚷。你都不见怎的，等老孙去来。』沙僧道：『哥哥仔细。』行者道：『我自有处。』

好大圣，束一束虎皮裙，掣出金箍棒，拽开脚，两三步跑到前边，看见那丝绳缠了有千百层厚，穿穿道道，却似经纬之势；用手按了一按，有些粘软沾人。行者更不知是甚么东西，他即举棒道：『这一棒，莫说是几千层，就有几万层，也打断了！』正欲打，又停住手道：『若是硬的便可打断，这个软的，只好打匾罢了。假如惊了他，缠住老孙，反为不美。等我且问他一问再打。』

你道他问谁？即捻一个诀，念一个咒，拘得个土地老儿在庙里似推磨的一般乱转。土地婆儿道：『老儿，你转怎的？好道是羊儿风发了。』土地道：『你不知，你不知！有一个齐天大圣来了，我不曾接他，他那里拘我哩。』婆儿道：『你去见他便了，却如何在这里打转？』土地道：『若去见他，他那棍子好不重，他管你好歹就打哩！』婆儿道：『他见你这等老了，那里就打你？』土地道：『他一生好吃没钱酒，偏打老年人。』

两口儿讲一会，没奈何只得走出去，战兢兢的，跪在路旁，叫道：『大圣，当境土地叩头。』行者道：『你且起来，不要假忙。我且不打你，寄下在那里。我问你，此间是甚地方？』土地道：『大圣从那厢来？』行者道：『我自东土往西来的。』土地道：『大圣东来，可曾在那山岭上？』行者道：『正在那山岭上。我们行李、马匹还都歇在那岭上不是！』土地道：『那岭叫做盘丝岭。岭下有洞，叫做盘丝洞。洞里有七个妖精。』行者道：『是男怪女怪？』土地道：『是女怪。』行者道：『他有多大神通？』土地道：『小神力薄威短，不知他有多大手段；只知那正南上，离此有三里之遥，有一座濯垢泉，乃天生的热水，原是上方七仙姑的浴池。自妖精到此居住，占了他的濯垢泉，仙姑更不曾与他争竞，平白地就让与他了。我见天仙不惹妖魔怪，必定精灵有大能。』行者道：『占了此泉何干？』土地道：『这怪占了浴池，一日三遭，出来洗澡。如今巳时已过，午时将来哑。』行者听言道：『土地，你且回去，等我自家拿他罢。』那土地老儿磕了一个头，战兢兢的，回本庙去了。

这大圣独显神通，摇身一变，变作个麻苍蝇儿，钉在路旁草梢上等待。须臾间，只听得呼呼吸吸之声，犹如蚕食叶，却似海生潮。只好有半盏茶时，丝绳皆尽，依然现出庄村，还像当初模样。又听得呀的一声，柴扉响处，里边笑语喧哗，走出七个女子。行者在暗中细看，见他一个个携手相搀，挨肩执袂，有说有笑的，走过桥来，果是标致。但见：

比玉香尤胜，如花语更真。柳眉横远岫，檀口破樱唇。钗头翘翡翠，金莲闪绛裙。却似嫦娥临下界，仙子落凡尘。

行者笑道：『怪不得我师父要来化斋，原来是这一般好处。这七个美人儿，假若留住我师父，要吃也不够一顿吃，要用也不够两日用，要动手轮流一摆布就是死了。且等我去听他一听，看他怎的算计。』

好大圣，『嘤』的一声，飞在那前面走的女子云髻上钉住。才过桥来，后边的走向前来呼道：『姐姐，我们洗了澡，来蒸那胖和尚吃去。』行者暗笑道：『这怪物好没算计！煮还省些柴，怎么转要蒸了吃！』那些女子采花斗草向南来。不多时，到了浴池。但见一座门墙，十分壮丽。遍地野花香艳艳，满旁兰蕙密森森。后面一个女子，走上前，唿哨的一声，把两扇门儿推开，那中间果有一塘热水。这水自开辟以来，太阳星原贞有十，后被羿善开弓，射落九乌坠地，止存金乌一星，乃太阳之真火也。天地有九处汤泉，俱是众乌所化。那九阳泉，乃香冷泉、伴山泉、温泉、东合泉、潢山泉、孝安泉、广汾泉、汤泉，此泉乃濯垢泉。有诗为证，诗曰：

一气无冬夏，三秋永注春。炎波如鼎沸，热浪似汤新。分溜滋禾稼，停流荡俗尘。涓涓珠泪泛，滚滚玉团津。润滑原非酿，清平还自温。瑞祥本地秀，造化乃天真。佳人洗处冰肌滑，涤荡尘烦玉体新。

那浴池约有五丈余阔，十丈多长，内有四尺深浅，但见水清彻底。底下水一似滚珠泛玉，骨都都冒将上来。四面有六七个孔窍通流。流去二三里之遥，淌到田里，还是温水。池上又有三间亭子。亭子中近后壁放着一张八只脚的板凳。两山头放着两个描金彩漆的衣架。行者暗中喜嘤嘤的，一翅飞在那衣架头上钉住。

那些女子见水又清又热，便要洗浴，即一齐脱了衣服，搭在衣架上，一齐下去，被行者看见：

褪放纽扣儿，解开罗带结。酥胸白似银，玉体浑如雪。肘膊赛冰铺，香肩欺粉贴。肚皮软又绵，脊背光还洁。膝腕半围团，金莲三寸窄。中间一段情，露出风流穴。

那女子都跳下水去，一个个跃浪翻波，负水顽耍。行者道：『我若打他啊，只消把这棍子往池中一搅，就叫做「滚汤泼老鼠，一窝儿都是死。」可怜！可怜！打便打死他，只是低了老孙的名头。常言道：「男不与女斗。」我这般一个汉子，打杀这几个丫头，着实不济。不要打他，只送他一个绝后计，教他动不得身，出不得水，多少是好。』

好大圣，捏着诀，念个咒，摇身一变，变作一个饿老鹰，但见：

毛犹霜雪，眼若明星。妖狐见处魂皆丧，狡兔逢时胆尽惊。钢爪锋芒快，雄姿猛气横。会使老拳供口腹，不辞亲手逐飞腾。万里寒空随上下，穿云检物任他行。

呼的一翅，飞向前，轮开利爪，把他那衣架上搭的七套衣服，尽情雕去，径转岭头，现出本相来见八戒、沙僧道：『你看。』那呆子迎着对沙僧笑道：『师父原来是典当铺里拿了去的。』沙僧道：『怎见得？』八戒道：『你不见师兄把他些衣服都抢将来也？』行者放下道：『此是妖精穿的衣服。』八戒道：『怎么就有这许多？』行者道：『七套。』八戒道：『如何这般剥得容易，又剥得干净？』行者道：『那曾用剥。原来此处唤做盘丝岭。那庄村唤做盘丝洞。洞中有七个女怪，把我师父拿住，吊在洞里，都向濯垢泉去洗浴。那泉却是天地产成的一塘子热水。他都算计着洗了澡要把师父蒸吃。是我跟到那里，见他脱了衣服下水，我要打他，恐怕污了棍子，又怕低了名头，是以不曾

盘丝洞七情迷本
濯垢泉八戒忘形

呆子不容说，丢了钉钯，脱了皂锦直裰，扑的跳下水来。那怪心中烦恼，一齐上前要打。不知八戒水势极熟，到水里摇身一变，变做一个鲇鱼精。那怪就都摸鱼，赶上拿他不住：东边摸，忽的又渍了西去；西边摸，忽的又渍了东去；滑扢虀的，只在那腿裆里乱钻。

动棍，只变做一个饿老鹰，雕了他的衣服。他都忍辱含羞，不敢出头，蹲在水中哩。我等快去解下师父走路罢。』八戒笑道：『师兄，你凡干事，只要留根。既见妖精，如何不打杀他，却就去解师父！他如今纵然藏羞不出，到晚间必定出来。他家里还有旧衣服，穿上一套，来赶我们。纵然不赶，他久住在此，我们取了经，还从那条路回去。常言道：「宁少路边钱，莫少路边拳。」那时节，他拦住了吵闹，却不是个仇人也？』行者道：『凭你如何主张？』八戒道：『依我，先打杀了妖精，再去解放师父：此乃「斩草除根」之计。』行者道：『我是不打他。你要打，你去打他。』

八戒抖擞精神，欢天喜地，举着钉钯，拽开步，径直跑到那里。忽的推开门看时，只见那七个女子，蹲在水里，口中乱骂那鹰哩，道：『这个匾毛畜生！猫嚼头的亡人！把我们衣服都雕去了，教我们怎的动手！』八戒忍不住笑道：『女菩萨，在这里洗澡哩。也携带我和尚洗洗，何如？』那怪见了，作怒道：『你这和尚，十分无礼！我们是在家的女流，你是个出家的男子。古书云：「七年男女不同席。」你好和我们同塘洗澡？』八戒道：『天气炎热，没奈何，将就容我洗洗儿罢。那里调甚么书担儿，同席不同席！』呆子不容说，丢了钉钯，脱了皂锦直裰，扑的跳下水来。那怪心中烦恼，一齐上前要打。不知八戒水势极熟，到水里摇身一变，变做一个鲇鱼精。那怪就都摸鱼，赶上拿他不住：东边摸，忽的又漬了西去；西边摸，忽的又漬了东去；滑扢虀的，只在那腿裆里乱钻。原来那水有搀胸之深，水上盘了一会，又盘在水底，都盘倒了，喘嘘嘘的，精神倦怠。

八戒却才跳将上来，现了本相，穿了直裰，执着钉钯，喝道：『我是那个？你把我当鲇鱼精哩！』那怪见了，心惊胆战，对八戒道：『你先来是个和尚，到水里变作鲇鱼，及拿你不住，却又这般打扮；你端的是从何到此？是必留名。』八戒道：『这伙泼怪当真的不认得我！我是东土大唐取经的唐长老之徒弟，乃天蓬元帅悟能八戒是也。你把我师父吊在洞里，算计要蒸他受用！我的师父，又好蒸吃？快早伸过头来，各筑一钯，教你断根！』那些妖闻此言，魂飞魄散，就在水中跪拜道：『望老爷方便方便！我等有眼无珠，误捉了你师父，虽然吊在那里，不曾敢加刑受苦。望慈悲饶了我的性命，情愿贴些盘费，送你师父往西天去也。』八戒摇手道：『莫说这话！俗语说得好：「曾着卖糖君子哄，到今不信口甜人。」是便筑一钯，各人走路！』

呆子一味粗夯，显手段，那有怜香惜玉之心，举着钯，不分好歹，赶上前乱筑。那怪慌了手脚，那里顾甚么羞耻，只是性命要紧，随用手侮着羞处，跳出水来，都跑在亭子里站立，作出法来：脐孔中骨都都冒出丝绳，瞒天搭了个大丝篷，把八戒罩在当中。

那呆子忽抬头，不见天日，即抽身往外便走。那里举得脚步！原来放了绊脚索，满地都是丝绳，动动脚，跌个跣踵。左边去，一个面磕地；右边去，一个倒栽葱；忽转身，又跌了个嘴揾地；忙爬起，又跌了个竖蜻蜓。也不知跌了多少跟头，把个呆子跌得身麻脚软，头晕眼花，爬也爬不动，只睡在地下呻吟。那怪物却将他困住，也不打他，也不伤他，一个个跳出门来，将丝篷遮住天光，各回本洞。

到了石桥上站下，念动真言，霎时间，把丝篷收了，赤条条的，跑入洞里，侮着那话，从唐僧面前笑嘻嘻的跑过去。走入石房，取几件旧衣穿了，径至后门口立定，叫：『孩儿们何在？』原来那妖精一个有一个儿子，却不是他养的，都是他结拜的干儿子。有名唤做蜜、蚂、蠦、班、蜢、蜡、蜻：蜜是蜜蜂，蚂是蚂蜂，蠦是蠦蜂，班是班毛，蜢是牛蜢，蜡是抹蜡，蜻是蜻蜓。原来那妖精幔天结网，掳住这七般虫蛭，却要吃他。古云：『禽有禽言，兽有兽语。』当时这些虫哀告饶命，愿拜为母，遂此春采百花供怪物，夏寻诸卉孝妖精。忽闻一声呼唤，都到面前，问：『母亲有何使令？』众怪道：『儿啊，早间我们错惹了唐朝来的和尚，才然被他徒弟拦在池里，出了多少丑，几乎丧了性命！

汝等努力，快出门前去退他一退。如得胜后，可到你舅舅家来会我。』那些怪既得逃生，往他师兄处，孽嘴生灾不题。你看这些虫蛭，一个个摩拳擦掌，出来迎敌。

却说八戒跌得昏头昏脑，猛抬头，见丝篷丝索俱无，他才一步一探，爬将起来，忍着疼，找回原路。见了行者，用手扯住道：『哥哥，我的头可肿，脸可青么？』行者道：『你怎的来？』八戒道：『我被那厮将丝绳罩住，放了绊脚索，不知跌了多少跟头，跌得我腰拖背折，寸步难移。却才丝篷索子俱空，方得了性命回来也。』沙僧见了道：『罢了，罢了！你闯下祸来也！那怪一定往洞里去伤害师父，我等快去救他！』

行者闻言，急拽步便走。八戒牵着马，急急来到庄前。但见那石桥上有七个小妖儿挡住道：『慢来，慢来！吾等在此！』行者看了道：『好笑！干净都是些小人儿！长的也只有二尺五六寸，不满三尺；重的也只有八九斤，不满十斤。』喝道：『你是谁？』那怪道：『我乃七仙姑的儿子。你把我母亲欺辱了，还敢无知，打上我门！不要走，仔细！』好怪物，一个个手之舞之，足之蹈之，乱打将来。八戒见了生嗔，本是跌恼了的性子，又见那伙虫蛭小巧，就发狠举钯来筑。

那些怪见呆子凶猛，一个个现了本象，飞将起去，叫声：『变！』须臾间，一个变十个，十个变百个，百个变千个，千个变万个，个个都变成无穷之数。只见：

满天飞抹蜡，遍地舞蜻蜓。
蜜蚂追头额，蜷蜂扎眼睛。
班毛前后咬，牛蜢上下叮。
扑面漫漫黑，翛翛神鬼惊。

八戒慌了道：『哥啊，只说经好取，西方路上，虫儿也欺负人哩！』行者道：『兄弟，不要怕，快上前打！』八戒道：『扑头扑脸，浑身上下，都叮有十数层厚，却怎么打？』行者道：『没事，没事！我自有手段！』沙僧道：『哥啊，有甚手段，快使出来罢。一会子光头上都叮肿了！』

好大圣，拔了一把毫毛，嚼得粉碎，喷将出去，即变做些黄、麻、䴕、白、雕、鱼、鹞。八戒道：『师兄，又打甚么市语？黄啊、麻啊哩？』行者道：『你不知。黄是黄鹰，麻是麻鹰，䴕是䴕鹰，白是白鹰，雕是雕鹰、鱼是鱼鹰，鹞是鹞鹰。那妖精的儿子是七样虫，我的毫毛是七样鹰。』鹰最能嗛虫，一嘴一个，爪打翅敲，须臾，打得罄尽，满空无迹，地积尺余。

三兄弟方才闯过桥去，径入洞里。只见老师父吊在那里哼哼的哭哩。八戒近前道：『师父，你是要来这里吊了要子，不知作成我跌了多少跟头哩！』沙僧道：『且解下师父再说。』行者即将绳索挑断，放下唐僧，都问道：『妖精那里去了？』唐僧道：『那七个怪都赤条条的往后边叫儿子去了。』行者道：『兄弟们，跟我来寻去。』

三人各持兵器，往后园里寻处，不见踪迹。都到那桃李树上寻遍不见。八戒道：『去了！去了！』沙僧道：『不必寻他，等我扶师父去也。』弟兄们复来前面，请唐僧上马道：『师父，下次化斋，还让我们去。』唐僧道：『徒弟呵，以后就是饿死，也再不自专了。』八戒道：『你们扶师父走着，等老猪一顿钯筑倒他这房子，教他来时没处安身。』行者笑道：『筑还费力，不若寻些柴来，与他个断根罢。』好呆子，寻了些朽松、破竹、干柳、枯藤，点上一把火，烘烘的都烧得干净。师徒却才放心前来。

咦！毕竟这去，不知那怪的吉凶如何，且听下回分解。

情因旧恨生灾毒

行者闻言，大怒道：『你既不还我师父，且看你妹妹的样子！』好大圣，把叉儿棒幌一幌，复了一根铁棒，双手举起，把七个蜘蛛精，尽情打烂，却似七个鹳肉布袋儿，脓血淋淋。却又将尾巴摇了两摇，收了毫毛，单身轮棒，赶入里边来打道士。

第七十三回　情因旧恨生灾毒　心主遭魔幸破光

话说孙大圣扶持着唐僧，与八戒、沙僧奔上大路，一直西来。不半晌，忽见一处楼阁重重，宫殿巍巍。唐僧勒马道：『徒弟，你看那是个甚么去处？』行者举头观看，忽然见：

山环楼阁，溪绕亭台。门前杂树密森森，宅外野花香艳艳。柳间栖白鹭，浑如烟里玉无瑕；桃内啭黄莺，却似火中金有色。双双野鹿，忘情闲踏绿莎茵；对对山禽，飞语高鸣红树杪。真如刘阮天台洞，不亚神仙阆苑家。

行者报道：『师父，那所在也不是王侯第宅，也不是豪富人家，却像一个庵观寺院。到那里方知端的。』三藏闻言，加鞭促马。师徒们来至门前观看，门上嵌着一块石板，上有『黄花观』三字。三藏下马。八戒道：『黄花观乃道士之家。我们进去会他一会也好，他与我们衣冠虽别，修行一般。』沙僧道：『说得是。一则进去看看景致，二来也当撒货头口。看方便处，安排些斋饭，与师父吃。』

长老依言，四众共入。但见二门上有一对春联：『黄芽白雪神仙府，瑶草琪花羽士家。』行者笑道：『这个是烧茅炼药，弄炉火，提罐子的道士。』三藏捻他一把道：『谨言，谨言！我们不与他相识，又不认亲，左右暂时一会，管他怎的？』说不了，进了二门，只见那正殿谨闭，东廊下坐着一个道士，在那里丸药。你看他怎生打扮：

戴一顶红艳艳戗金冠，穿一领黑淄淄乌皂服；踏一双绿阵阵云头履，系一条黄拂拂吕公绦。面如瓜铁，目若朗星。准头高大类回回，唇口翻张如达达。道心一片隐轰雷，伏虎降龙真羽士。

三藏见了，厉声高叫道：『老神仙，贫僧问讯了。』那道士猛抬头，一见心惊，丢了手中之药，按簪儿，整衣服，降阶迎接道：『老师父，失迎了。请里面坐。』

长老欢喜上殿。推开门，见有三清圣像，供桌有炉有香，即拈香注炉，礼拜三匝，方与道士行礼。遂至客位中，同徒弟们坐下。急唤仙童看茶。当有两个小童，即入里边，寻茶盘，洗茶盏，擦茶匙，办茶果。忙忙的乱走，早惊动那几个冤家。

原来那盘丝洞七个女怪与这道士同堂学艺。自从穿了旧衣，唤出儿子，径来此处。正在后面裁剪衣服，忽见那童子看茶，便问道：『童儿，有甚客来了，这般忙冗？』仙童道：『适间有四个和尚进来，师父教来看茶。』女怪道：『可有个白胖和尚？』道：『有。』又问：『可有个长嘴大耳朵的？』道：『有。』女怪道：『你快去递了茶，对你师父丢个眼色，着他进来，我有要紧的话说。』

果然那仙童将五杯茶拿出去。道士敛衣，双手拿一杯递与三藏，然后与八戒、沙僧、行者。茶罢收钟，小童丢个眼色。那道士就欠身道：『列位请坐。』教：『童儿，放了茶盘陪侍。等我去去就来。』此时长老与徒弟们，并一个小童出殿上观玩不题。

却说道士走进方丈中，只见七个女子齐齐跪倒，叫：『师兄，师兄，听小妹子一言！』道士用手搀起道：『你们早间来时，要与我说甚么话，可可的今日丸药，这枝药忌见阴人，所以不曾答你。如今又有客在外面，有话且慢慢说罢。』众怪道：『告禀师兄。这桩事，专为客来，方敢告诉；若客去了，纵说也没用了。』道士笑道：『你看贤妹说话，怎么专为客来才说？却不疯了？且莫说我是个清静修仙之辈，就是个俗人家，有妻子老小家务事，也等客去了再处。怎么这等不贤，替我装幌子哩！且让我出去。』众怪又一齐扯住道：『师兄息怒。我问你，前边那客，是那方来的？』道士唾着脸，不答应。众怪道：『方才小童进来取茶，我闻得他说，是四个和尚。』道士作怒道：『和尚便怎么？』众怪道：『四个和尚，内有一个白面胖的，有一个长嘴大耳的，师兄可曾问他是那里来的？』道士道：『内中是有这两个，你怎么知道？想是在那里见他来？』

女子道：『师兄原不知这个委曲。那和尚乃唐朝差往西天取经去的。今早到我洞里化斋，委是妹子们闻得唐僧之名，将他拿了。』道士道：『你拿他怎的？』女子道：『我等久闻人说，唐僧乃十世修行的真体，有人吃他一块肉，延寿长生，故此拿了他。后被那个长嘴大耳朵的和尚把我们拦在濯垢泉里，先抢了衣服，后弄本事，强要同我等洗浴，也止他不住。他就跳下水，变作一个鲇鱼，在我们腿裆里钻来钻去，欲行奸骗之事。果有十分惫懒！他又跳出水去，现了本相。见我们不肯相从，他就使一柄九齿钉钯，要伤我们性命。若不是我们有些见识，几乎遭他毒手。故此战兢兢逃生，又着你愚外甥与他敌斗，不知存亡如何。我们特来投兄长，望兄长念昔日同窗之雅，与我今日做个报冤之人！』

那道士闻此言，却就恼恨，遂变了声色道：『这和尚原来这等无礼！这等惫懒！你们都放心，等我摆布他！』众

女子谢道：『师兄如若动手，等我们都来相帮打他。』道士道：『不用打，不用打！常言道：「一打三分低。」你们都跟我来。』

众女子相随左右。他入房内，取了梯子，转过床后，爬上屋梁，拿下一个小皮箱儿。那箱儿有八寸高下，一尺长短，四寸宽窄，上有一把小铜锁儿锁住。即于袖中拿出一方鹅黄绫汗巾儿来。汗巾须上系着一把小钥匙儿。开了锁，取出一包儿药来，此药乃是：

山中百鸟粪，扫积上千斤。是用铜锅煮，煎熬火候匀。千斤熬一杓，一杓炼三分。三分还要炒，再煅再重熏。制成此毒药，贵似宝和珍。如若尝他味，入口见阎君！

道士对七个女子道：『妹妹，我这宝贝，若与凡人吃，只消一厘，入腹就死；若与神仙吃，也只消三厘就绝；这些和尚，只怕也有些道行，须得三厘。快取等子来。』内一女子，急拿了一把等子道：『称出一分二厘，分作四分。』却拿了十二个红枣儿，将枣掐破些儿，摁上一厘，分在四个茶钟内；又将两个黑枣儿做一个茶钟，着一个托盘安了，对众女说：『等我去问他。不是唐朝的便罢；若是唐朝来的，就教换茶，你却将此茶令童儿拿出。但吃了，个个身亡，就与你报了此仇，解了烦恼也。』七女感激不尽。

那道士换了一件衣服，虚礼谦恭，走将出去，请唐僧等又至客位坐下，道：『老师父莫怪。适间去后面吩咐小徒，教他们挑些青菜、萝卜，安排一顿素斋供养，所以失陪。』三藏道：『贫僧素手进拜，怎么敢劳赐斋？』道士笑云：『你我都是出家人，见山门就有三升俸粮，何言素手？敢问老师父，是何宝山？到此何干？』三藏道：『贫僧乃东土大唐驾下差往西天大雷音寺取经者。却才路过仙宫，竭诚进拜。』道士闻言，满面生春道：『老师乃忠诚大德之佛，小道不知，失于远候。恕罪，恕罪！』叫：『童儿，快去换茶来。』一厢作速办斋。』那小童走将进去，众女子招呼他来道：『这里有现成好茶，拿出去。』那童子果然将五钟茶拿出。道士连忙双手拿一个红枣儿茶钟奉与唐僧。他见八戒身躯大，就认做大徒弟；沙僧认做二徒弟；见行者身量小，认做三徒弟；所以第四钟才奉与行者。

行者眼乖，接了茶钟，早已见盘子里那茶钟是两个黑枣儿。他道：『先生，我与你穿换一杯。』道士笑道：『不瞒长老说。山野中贫道士，茶果一时不备。才然在后面亲自寻果子，止有这十二个红枣，做四钟茶奉敬。小道又不可空陪，所以将两个下色枣儿作一杯奉陪。此乃贫道恭敬之意也。』行者笑道：『说那里话？古人云：「在家不是贫，路上贫杀人。」你是住家儿的，何以言贫？象我们这行脚僧，才是真贫哩。我和你换换。我和你换换。』三藏闻言道：『悟空，这仙长实乃爱客之意，你吃了罢，换怎的？』行者无奈，将左手接了，右手盖住，看着他们。

却说那八戒，一则饥，二则渴，原来是食肠大大的，见那钟子里有三个红枣儿，拿起来啯的都咽在肚里。师父也吃了，沙僧也吃了。一霎时，只见八戒脸上变色，沙僧满眼流泪，唐僧口中吐沫。他们都坐不住，晕倒在地。

这大圣情知是毒，将茶钟，手举起来，望道士劈脸一掼。道士将袍袖隔起，当的一声，把个钟子跌得粉碎。道士怒道：『你这和尚，十分村卤！怎么把我钟子碎了？』行者骂道：『你这畜生！你看我那三个人是怎么说！我与你有甚相干，你却将毒药茶药倒我的人？』道士道：『你这个村畜生，闯下祸来，你岂不知？』行者道：『我们才进你门，方叙了坐次，道及乡贯，又不曾有个高言，那里闯下甚祸？』道士道：『你可曾在盘丝洞化斋么？你可曾在濯垢泉洗澡么？』行者道：『濯垢泉乃七个女怪。你既说出这话，必定与他苟合，必定也是妖精！不要走，吃我一棒！』好大圣，去耳朵里摸出金箍棒，幌一幌，碗来粗细，望道士劈脸打来。那道士急转身躲过，取一口宝剑来迎。

他两个厮骂厮打，早惊动那里边的女怪。他七个一拥出来，叫道：『师兄且莫劳心，待小妹子拿他。』行者见了，越生嗔怒，双手轮铁棒，丢开解数，滚将进去乱打。只见那七个敞开怀，腆着雪白肚子，脐孔中作出法来：骨都

都丝绳乱冒，搭起一个天篷，把行者盖在底下。

行者见事不谐，即翻身念声咒语，打个筋斗，扑的撞破天篷走了；忍着性气，淤淤的立在空中看处，见那怪丝绳幌亮，穿穿道道，却是穿梭的经纬，顷刻间，把黄花观的楼台殿阁都遮得无影无形。行者道：『利害，利害！早是不曾着他手，怪道猪八戒跌了若干！似这般怎生是好！我师父与师弟却又中了毒药。这伙怪合意同心，却不知是个甚来历，待我还去问那土地神也。』

好大圣，按落云头，捻着诀，念声『唵』字真言，把个土地老儿又拘来了，战兢兢跪下路旁，叩头道：『大圣，你去救你师父的，为何又转来也？』行者道：『早间救了师父，前去不远，遇一座黄花观。我与师父等进去看看，那观主迎接。才叙话间，被他把毒药茶药倒我师父等。我幸不曾吃茶，使棒就打，他却说出盘丝洞化斋，濯垢泉洗澡之事，我就知那厮是怪。才举手相敌，只见那七个女子跑出，吐放丝绳，老孙亏有见识走了。我想你在此间为神，定知他的来历。是个甚么妖精，老实说来，免打！』土地叩头道：『那妖精到此，住不上十年。小神自三年前检点之后，方见他的本相，乃是七个蜘蛛精。他吐那些丝绳，乃是蛛丝。』行者闻言，十分欢喜道：『据你说，却是小可。既这般，你回去，等我作法降他也。』那土地叩头而去。

行者却到黄花观外，将尾巴上毛捋下七十根，吹口仙气，叫：『变！』即变做七十个小行者；又将金箍棒吹口仙气，叫：『变！』即变做七十个双角叉儿棒。每一个小行者，与他一根。他自家使一根，站在外边，将叉儿搅那丝绳，一齐着力，打个号子，把那丝绳都搅断，各搅了有十余斤。里面拖出七个蜘蛛，足有巴斗大的身躯。一个个攒着手脚，索着头，只叫：『饶命！饶命！』此时七十个小行者，按住七个蜘蛛，那里肯放。行者道：『且不要打他，只教还我师父、师弟来。』那怪厉声高叫道：『师兄，还他唐僧，救我命也！』那道士从里边跑出道：『妹妹，我要吃

唐僧哩，救不得你了。』行者闻言，大怒道：『你既不还我师父，且看你妹妹的样子！』好大圣，把叉儿棒幌一幌，复了一根铁棒，双手举起，把七个蜘蛛精，尽情打烂，却似七个鬭肉布袋儿，脓血淋淋。却又将尾巴摇了两摇，收了毫毛，单身轮棒，赶入里边来打道士。

那道士见他打死了师妹，心甚不忍，即发狠举剑来迎。这一场各怀忿怒，一个个大展神通。这一场好杀：

妖精轮宝剑，大圣举金箍。都为唐朝三藏，先教七女呜呼。如今大展经纶手，施威弄法逞金吾。大圣神光壮，妖仙胆气粗。浑身解数如花锦，双手腾那似辘轳。乒乓剑棒响，惨淡野云浮。鬭言语，使机谋，一来一往如画图。杀得风响沙飞狼虎怕，天昏地暗斗星无。

那道士与大圣战经五六十合，渐觉手软，一时间松了筋节，便解开衣带，忽辣的响一声，脱了皂袍。行者笑道：『我儿子！打不过人，就脱剥了也是不能够的！』原来这道士剥了衣裳，把手一齐抬起，只见那两胁下有一千只眼，眼中迸放金光，十分利害：

森森黄雾，艳艳金光。森森黄雾，两边胁下似喷云；艳艳金光，千只眼中如放火。左右却如金桶，东西犹似铜钟。此乃妖仙施法力，道士显神通：幌眼迷天遮日月，罩人爆燥气朦胧；把个齐天孙大圣，困在金光黄雾中。

行者慌了手脚，只在那金光影里乱转，向前不能举步，退后不能动脚，却便似在个桶里转的一般。无奈又爆燥不过，他急了，往上着实一跳，却撞破金光，扑的跌了一个倒栽葱；觉道撞的头疼，急伸手摸摸，把顶梁皮都撞软了。自家心焦道：『晦气，晦气！这颗头今日也不济了！常时刀砍斧剁，莫能伤损，却怎么被这金光撞软了皮肉？久以后定要贡脓。纵然好了，也是个破伤风。』一会家爆燥难禁。却又自家计较道：『前去不得，后退不得，左行不得，右行不得，往上又撞不得，却怎么好？往下走他娘罢！』

好大圣，念个咒语，摇身一变，变做个穿山甲，又名鲮鲤鳞。真个是：

四只铁爪，钻山碎石如挝粉；满身鳞甲，破岭穿岩似切葱。两眼光明，好便似双星幌亮；一嘴尖利，胜强如钢钻金锥。药中有性穿山甲，俗语呼为鲮鲤鳞。

你看他硬着头，往地下一钻，就钻了有二十余里，方才出头。原来那金光只罩得十余里。出来现了本相，力软筋麻，浑身疼痛，止不住眼中流泪。忽失声叫道：『师父啊！

当年秉教出山中，共往西来苦用工。
大海洪波无恐惧，阳沟之内却遭风！』

美猴王正当悲切，忽听得山背后有人啼哭，即欠身揩了眼泪，回头观看。但见一个妇人，身穿重孝，左手托一盏

情因旧恨生灾毒
心主遭魔幸破光

却说那八戒，一则饥，二则渴，原来是食肠大大的，见那钟子里有三个红枣儿，拿起来啯的都咽在肚里。师父也吃了，沙僧也吃了。一霎时，只见八戒脸上变色，沙僧满眼流泪，唐僧口中吐沫。他们都坐不住，晕倒在地。这大圣情知是毒，将茶钟，手举起来，望道士劈脸一掼。

凉浆水饭，右手执几张烧纸黄钱，从那厢一步一声，哭着走来。行者点头嗟叹道：『正是「流泪眼逢流泪眼，断肠人遇断肠人！」这一个妇人，不知所哭何事，待我问他一问。』

那妇人不一时走上路来，迎着行者。行者躬身问道：『女菩萨，你哭的是甚人？』妇人噙泪道：『我丈夫因与黄花观观主买竹竿争讲，被他将毒药茶药死，我将这陌纸钱烧化，以报夫妇之情。』行者听言，眼中泪下。那妇女见了作怒道：『你甚无知！我为丈夫烦恼生悲，你怎么泪眼愁眉，欺心戏我？』

行者躬身道：『女菩萨息怒。我本是东土大唐钦差御弟唐三藏大徒弟孙悟空行者。因往西天，行过黄花观歇马。那观中道士，不知是个甚么妖精，他与七个蜘蛛精，结为兄妹。蜘蛛精在盘丝洞要害我师父，是我与师弟八戒、沙僧，救解得脱。那蜘蛛精走到他这里，背了是非，说我等有欺骗之意。道士将毒药茶药倒我师父、师弟共三人，连马四口，陷在他观里。惟我不曾吃他茶，将茶钟掼碎，他就与我相打。正嚷时，那七个蜘蛛精跑出来吐放丝绳，将我捆住，是我使法力走脱。问及土地，说他本相，我却又使分身法搅绝丝绳，拖出妖来，一顿棒打死。这道士即与他报仇，举宝剑与我相斗。斗经六十回合，他败了阵，随脱了衣裳，两胁下放出千只眼，有万道金光，把我罩定。所以进退两难，才变做一个鲮鲤鳞，从地下钻出来。正自悲切，忽听得你哭，故此相问。因见你为丈夫，有此纸钱报答，我师父丧身，更无一物相酬，所以自怨生悲。岂敢相戏！』

那妇女放下水饭、纸钱，对行者陪礼道：『莫怪，莫怪，我不知你是被难者。才据你说将起来，你不认得那道士。他本是个百眼魔君，又唤做多目怪。你既然有此变化，脱得金光，战得许久，必定有大神通，却只是还近不得那厮。我教你去请一位圣贤，他能破得金光，降得道士。』行者闻言，连忙唱喏道：『女菩萨知此来历，烦为指教指教。果是那位圣贤，我去请求，救我师父之难，就报你丈夫之仇。』妇人道：『我就说出来，你去请他，降了道士，只可报仇而已，恐不能救你师父。』行者道：『怎不能救？』妇人道：『那厮毒药最狠，药倒人，三日之间，骨髓俱烂。你此往回恐迟了，故不能救。』行者道：『我会走路，凭他多远，千里只消半日。』女子道：『你既会走路，听我说：此处到那里有千里之遥。那厢有一座山，名唤紫云山。山中有个千花洞。洞里有位圣贤，唤做毗蓝婆。他能降得此怪。』行者道：『那山坐落何方？却从何方去？』女子用手指定道：『那直南上便是。』行者回头看时，那女子早不见了。

行者慌忙礼拜道：『是那位菩萨？我弟子钻昏了，不能相识，千乞留名，好谢！』只见那半空中叫道：『大圣，是我。』行者急抬头看处，原是黎山老姆。赶至空中谢道：『老姆从何来指教我也？』老姆道：『我才自龙华会上回来，见你师父有难，假做孝妇，借夫丧之名，特来相救。你快去请他。但不可说出是我指教，那圣贤有些多怪人。』

行者谢了。辞别，把筋斗云一纵，随到紫云山上。按定云头，就见那千花洞。那洞外：

青松遮胜境，翠柏绕仙居。绿柳盈山道，奇花满涧渠。香兰围石屋，芳草映岩嵎。流水连溪碧，云封古树虚。野禽声聒聒，幽鹿步徐徐。修竹枝枝秀，红梅叶叶舒。寒鸦栖古树，春鸟噪高樗。夏麦盈田广，秋禾遍地余。四时无叶落，八节有花如。每生瑞霭连霄汉，常放祥云接太虚。

这大圣喜喜欢欢走将进去，一程一节，看不尽无边的景致。直入里面，更没个人儿，见静静悄悄的，鸡犬之声也无。心中暗道：『这圣贤想是不在家了。』又进数里看时，见一个女道姑坐在榻上。你看他怎生模样：

火戴五花纳锦帽，身穿一领织金袍。脚踏云尖凤头履，腰系攒丝双穗绦。面似秋容霜后老，声如春燕社前娇。腹中久谙三乘法，心上常修四谛饶。悟出空空真正果，炼成了了自逍遥。正是千花洞里佛，毗蓝菩萨姓名高。

行者止不住脚，近前叫道：『毗蓝婆菩萨，问讯了。』那菩萨即下榻，合掌回礼道：『大圣，失迎了。你从那里来的？』行者道：『你怎么就认得我是大圣？』毗蓝婆道：『你当年大闹天宫时，普地里传了你的形象，谁人不知，那个不识？』行者道：『正是「好事不出门，恶事传千里」。像我如今皈正佛门，你就不晓的了！』毗蓝道：『几时皈正？恭喜，恭喜！』行者道：『近能脱命，保师父唐僧上西天取经，师父遇黄花观道士，将毒药茶药倒。我与那厮赌斗，他就放金光罩住我，是我使神通走脱了。闻菩萨能灭他的金光，特来拜请。』菩萨道：『是谁与你说的？我自赴了盂兰会，到今三百余年，不曾出门。我隐姓埋名，更无一人知得，你却怎么得知？』行者道：『我是个地里鬼，不管那里，自家都会访着。』毗蓝道：『也罢，也罢。我本当不去，奈蒙大圣下临，不可灭了求经之善，我和你去来。』

行者称谢了。道：『我忒无知，擅自催促，但不知曾带甚么兵器。』菩萨道：『我有个绣花针儿，能破那厮。』行者忍不住道：『老姆误了我，早知是绣花针，不须劳你，就问老孙要一担也是有的。』毗蓝道：『你那绣花针，无非是钢铁金针，用不得。我这宝贝，非钢，非铁，非金，乃我小儿日眼里炼成的。』行者道：『令郎是谁？』毗蓝道：『小儿乃昴日星官。』行者惊骇不已。早望见金光艳艳，即回向毗蓝道：『金光处便是黄花观也。』

毗蓝随于衣领里取出一个绣花针，似眉毛粗细，有五六分长短，拈在手，望空抛去。少时间，响一声，破了金光。行者喜道：『菩萨，妙哉，妙哉！寻针，寻针！』毗蓝托在手掌内道：『这不是？』行者却按下云头，走入观里，只见那道士合了眼，不能举步。行者骂道：『你这泼怪装瞎子哩！』耳朵里取出棒来就打。毗蓝扯住道：『大圣莫打。且看你师父去。』

行者径至后面客位里看时，他三人都睡在地上吐痰吐沫哩。行者垂泪道：『却怎么好！却怎么好！』毗蓝道：

『大圣休悲。也是我今日出门一场，索性积个阴德，我这里有解毒丹，送你三丸。』行者转身拜求。那菩萨袖中取出一个破纸包儿，内将三粒红丸子递与行者，教放入口里。行者把药扳开他们牙关，每人摁了一丸。须臾，药味入腹，便就一齐呕哕，遂吐出毒味，得了性命。那八戒先爬起道：『闷杀我也！』三藏、沙僧俱醒了道：『好晕也！』行者道：『你们那茶里中了毒了。亏这毗蓝菩萨搭救，快都来拜谢。』三藏欠身整衣谢了。

八戒道：『师兄，那道士在那里？等我问他一问，为何这般害我。』行者把蜘蛛精上项事，说了一遍。八戒发狠道：『这厮既与蜘蛛为姊妹，定是妖精！』行者指道：『他在那殿外立定装瞎子哩。』八戒拿钯就筑，又被毗蓝止住道：『天蓬息怒。大圣知我洞里无人，待我收他去看守门户也。』行者道：『感蒙大德，岂不奉承！但只是教他现本象，我们看看。』毗蓝道：『容易。』即上前用手一指，那道士扑的倒在尘埃，现了原身，乃是一条七尺长短的大蜈蚣精。毗蓝使小指头挑起，驾祥云，径转千花洞去。八戒打仰道：『这妈妈儿却也利害，怎么就降这般恶物？』行者笑道：『我问他有甚兵器破他金光，他道有个绣花针儿，是他儿子在日眼里炼的。及问他令郎是谁，他道是昴日星官。我想昴日星是只公鸡，这老妈妈子必定是个母鸡。鸡最能降蜈蚣，所以能收伏也。』

三藏闻言，顶礼不尽，教：『徒弟们，收拾去罢。』那沙僧即在里面寻了些米粮，安排了些斋，俱饱餐一顿。牵马挑担，请师父出门。行者从他厨中放了一把火，把一座观霎时烧得煨烬，却拽步长行。正是：

唐僧得命感毗蓝，了性消除多目怪。

毕竟向前去还有甚么事体，且听下回分解。

长庚传报魔头狠

那公公不识窍，只管问他，他就把脸抹一抹，即现出本象，咨牙俫嘴，两股通红，腰间系一条虎皮裙，手里执一根金箍棒，立在石崖之下，就像个活雷公。那老者见了，吓得面容失色，腿脚酸麻，站不稳，扑的一跌；爬起来，又一个跳踵。

第七十四回　长庚传报魔头狠　行者施为变化能

情欲原因总一般，有情有欲自如然。沙门修炼纷纷士，断欲忘情即是禅。须着意，要心坚，一尘不染月当天。行功进步休教错，行满功完大觉仙。

话表三藏师徒们打开欲网，跳出情牢，放马西行。走多时，又是夏尽秋初，新凉透体。但见那：

急雨收残暑，梧桐一叶惊。
萤飞莎径晚，蛩语月华明。
黄葵开映露，红蓼遍沙汀。
蒲柳先零落，寒蝉应律鸣。

三藏正然行处，忽见一座高山，峰插碧空，真个是摩星碍日。长老心中害怕，叫悟空道：『你看前面这山，十分高耸，但不知有路通行否。』行者笑道：『师父说那里话。自古道：「山高自有客行路，水深自有渡船人。」岂无通达之理？可放心前去。』长老闻言，喜笑花生，扬鞭策马而进，径上高岩。

行不数里，见一老者，鬓蓬松，白发飘搔；须稀朗，银丝摆动；项挂一串数珠子，手持拐杖现龙头；远远的立在那山坡上高呼：『西进的长老，且暂住骅骝，紧兜玉勒。这山上有一伙妖魔，吃尽了阎浮世上人，不可前进！』三藏闻言，大惊失色。一是马的足下不平，二是坐个雕鞍不稳，扑的跌下马来，挣挫不动，睡在草里哼哩。行者近前搀起道：『莫怕，莫怕！有我哩！』长老道：『你听那高岩上老者，报道这山上有伙妖魔，吃尽阎浮世上人，谁敢去问他一个真实端的？』行者道：『你且坐地，等我去问他。』三藏道：『你的相貌丑陋，言语粗俗，怕冲撞了他，问不出个实信。』行者笑道：『我变个俊些儿的去问他。』三藏道：『你是变了我看。』好大圣，捻着诀，摇身一变，变做个干干净净的小和尚儿，真个是目秀眉清，头圆脸正；行动有斯文之气象，开口无俗类之言辞。抖一抖锦衣直裰，拽步上前，向唐僧道：『师父，我可变得好么？』三藏见了大喜道：『变得好！』八戒道：『怎么不好！只是把我们都比下去了。老猪就滚上二三年，也变不得这等俊俏！』

好大圣，躲离了他们，径直近前，对那老者躬身道：『老公公，贫僧问讯了。』那老儿见他生得俊雅，年少身轻，待答不答的，还了他个礼，用手摸着他头儿，笑嘻嘻问道：『小和尚，你是那里来的？』行者道：『我们是东土大唐来的，特上西天拜佛求经。适到此间，闻得公公报道有妖怪，我师父胆小怕惧，着我来问一声：端的是甚妖精，他敢这般短路！烦公公细说与我知之，我好把他贬解起身。』那老儿笑道：『你这小和尚年幼，不知好歹，言不帮衬。那妖魔神通广大得紧，怎敢就说贬解他起身！』行者笑道：『据你之言，似有护他之意，必定与他有亲，或是紧邻契友；不然，怎么长他的威智，兴他的节概，不肯倾心吐胆说他个来历。』公公点头笑道：『这和尚倒会弄嘴！想是跟你师父游方，到处儿学些法术，或者会驱缚魍魉，与人家镇宅降邪，你不曾撞见十分狠怪哩！』行者道：『怎的狠？』公公道：『那妖精一封书到灵山，五百阿罗都来迎接；一纸简上天宫，十一大曜个个相钦。四海龙曾与他为友，八洞仙常与他作会。十地阎君以兄弟相称，社令、城隍以宾朋相爱。』

大圣闻言，忍不住呵呵大笑，用手扯着老者道：『不要说，不要说。那妖精与我后生小厮为兄弟、朋友，也不见十分高作。若知是我小和尚来啊，他连夜就搬起身去了！』公公道：『你这小和尚胡说！不当人子。那个神圣是你的后生小厮？』行者笑道：『实不瞒你说。我小和尚祖居傲来国花果山水帘洞，姓孙，名悟空。当年也曾做过妖精，干过大事。曾因会众魔，多饮了几杯酒睡着，梦中见二人将批勾我去到阴司。一时怒发，将金箍棒打伤鬼判，唬倒阎王，几乎掀翻了森罗殿。吓得那掌案的判官拿纸，十阎王佥名画字，教我饶他打，情愿与我做后生小厮。』那公公闻说道：『阿弥陀佛！这和尚说了这过头话，莫想再长得大了。』行者道：『官儿，似我这般大也够了。』公公道：『你年几岁了？』行者道：『你猜猜看。』老者道：『有七八岁罢了。』行者笑道：『有一万个七八岁！我把旧嘴脸拿出来你看看，你即莫怪。』公公道：『怎么又有个嘴脸？』行者道：『我小和尚有七十二副嘴脸哩。』

那公公不识窍，只管问他，他就把脸抹一抹，即现出本象，咨牙俫嘴，两股通红，腰间系一条虎皮裙，手里执一根金箍棒，立在石崖之下，就像个活雷公。那老者见了，吓得面容失色，腿脚酸麻，站不稳，扑的一跌；爬起来，又一个跣踵。大圣上前道：『老官儿，不要虚惊。我等山恶人善。莫怕，莫怕！适间蒙你好意，报有妖魔。委的有多少怪，一发累你说说，我好谢你。』那老儿战战兢兢，口不能言，又推耳聋，一句不应。

行者见他不言，即抽身回坡。长老道：『悟空，你来了？所问如何？』行者笑道：『不打紧，不打紧！西天有便有个把妖精儿，只是这里人胆小，把他放在心上。没事，没事，有我哩！』长老道：『你可曾问他此处是甚么山，甚么洞，有多少妖怪，那条路通得雷音？』八戒道：『师父，莫怪我说。若论赌变化，使捉掐，捉弄人，我们三五个也不如师兄；若论老实，像师兄就摆一队伍，也不如我。』唐僧道：『正是，正是，你还老实。』八戒道：『他不知怎么钻过头不顾尾的，问了两声，不尴不尬的就跑回来了。等老猪去问他个实信来。』唐僧道：『悟能，你仔细着。』

好呆子，把钉钯撒在腰里，整一整皂直裰，扭扭捏捏，奔上山坡，对老者叫道：『公公，唱喏了。』那老儿见行者回去，方拄着杖挣得起来，战战兢兢的要走，忽见八戒，愈觉惊怕道：『爷爷呀！今夜做的甚么恶梦，遇着这伙恶人！为先的那和尚丑便丑，还有三分人相；这个和尚，怎么这等个碓梃嘴，蒲扇耳朵，铁片脸，毮毛颈项，一分人气儿也没有了！』八戒笑道：『你这老公公不高兴，有些儿好褒贬人。你是怎的看我哩？丑便丑，奈看，再停一时就俊了。』那老者见他说出人话来，只得开言问他：『你是那里来的？』八戒道：『我是唐僧第二个徒弟，法名叫做悟能八戒。才自先问的，叫做悟空行者，是我师兄。师父怪他冲撞了公公，不曾问得实信，所以特着我来拜问。此处果是甚山、甚洞，洞里果是甚妖精，那里是西去大路，烦尊一指示指示。』老者道：『可老实么？』八戒道：『我生平不敢有一毫虚的。』老者道：『你莫像才来的那个和尚走花弄水的胡缠。』八戒道：『我不像他。』

公公拄着杖，对八戒说：『此山叫做八百里狮驼岭。中间有座狮驼洞。洞里有三个魔头。』八戒啐了一声：『你这老儿却也多心！三个妖魔，也费心劳力的来报遭信！』公公道：『你不怕么？』八戒道：『不瞒你说。这三个妖魔，我师兄一棍就打死一个，我一钯就筑死一个；我还有个师弟，他一降妖杖又打死一个；三个都打死，我师父就过去了，有何难哉！』那老者笑道：『这和尚不知深浅！那三个魔头，神通广大得紧哩！他手下小妖，南岭上有五千，北岭上有五千；东路口有一万；西路口有一万；巡哨的有四五千，把门的也有一万；烧火的无数，打柴的也无数；共计算有四万七八千。这都是有名字带牌儿的，专在此吃人。』

那呆子闻得此言，战兢兢跑将转来，相近唐僧，且不回话，放下钯，在那里出恭。行者见了，喝道：『你不回话，却蹲在那里怎的？』八戒道：『唬出屎来了！如今也不消说，赶早儿各自顾命去罢！』行者道：『这个呆根！我问信偏不惊恐，你去问就这等慌张失智！』长老道：『端的何如？』八戒道：『这老儿说：此山叫做八百里狮驼山。中间有座狮驼洞。洞里有三个老妖，有四万八千小妖，专在那里吃人。我们若蹓着他些山边儿，就是他口里食了。莫想去得！』

三藏闻言，战兢兢，毛骨悚然，道：『悟空，如何是好？』行者笑道：『师父放心，没大事。想是这里有便有几个妖精，只是这里人胆小，把他就说出许多人，许多大，所以自惊自怪。有我哩！』八戒道：『哥哥说的是那里话！我比你不同：我问的是实，决无虚谬之言。满山满谷都是妖魔，怎生前进？』行者笑道：『呆子嘴脸，不要虚惊！若论满山满谷之魔，只消老孙一路棒，半夜打个罄尽！』八戒道：『不羞，不羞，莫说大话。那些妖精点卯也得七八日，怎么就打得罄尽？』行者道：『你说怎样打？』八戒道：『凭你抓倒，捆倒，使定身法定倒，也没有这等快的。』行者笑道：『不用甚么抓拿捆缚。我把这棍子两头一扯，叫「长」！就有四十丈长短；幌一幌，叫「粗！」就有八丈围圆粗细。往山南一滚，滚杀五千；山北一滚，滚杀五千；从东往西一滚，只怕四五万砑做肉泥烂酱！』八戒道：『哥哥，若是这等赶面打，或者二更时也都了了。』沙僧在旁笑道：『师父，有大师兄恁样神通，怕他怎的！请上马走啊。』唐僧见他们讲论手段，没奈何，只得宽心上马而走。

正行间，不见了那报信的老者。沙僧道：『他就是妖怪，故意狐假虎威的来传报，恐唬我们哩。』行者道：『不要忙，等我去看看。』好大圣，跳上高峰，四顾无迹，急转面，见半空中有彩霞幌亮，即纵云赶上看时，乃是太白金星。走到身边，用手扯住，口口声声只叫他的小名道：『李长庚，李长庚，你好惫心赖！有甚话，当面来说便好；怎么装做个山林之老，魔样混我！』金星慌忙施礼道：『大圣，报信来迟，乞勿罪，乞勿罪！这魔头果是神通广大，势要峥嵘，只看你挪移变化，乖巧机谋，可便过去，如若怠慢些儿，其实难去。』行者谢道：『感激，感激。果然此处难行，望老星上界与玉帝说声，借些天兵帮助老孙帮助。』金星道：『有，有，有！你只口信带去，就是十万天兵，也是有的。』

大圣别了金星，按落云头，见了三藏道：『适才那个老儿，原是太白星来与我们报信的。』长老合掌道：『徒弟，快赶上他，问他那里另有个路，我们转了去罢。』行者道：『转不得。此山径过有八百里，四周围不知更有多少路哩。怎么转得？』三藏闻言，止不住眼中流泪道：『徒弟，似此艰难，怎生拜佛！』行者道：『莫哭，莫哭，一哭便脓包行了！他这报信，必有几分虚话，只是要我们着意留心，诚所谓「以告者，过也。」你且下马来坐着。』八戒道：『又有甚商议？』行者道：『没甚商议。你且在这里用心保守师父。沙僧好生看守行李、马匹。等老孙先上岭打听打听，看前后共有多少妖怪，拿住一个，问他个详细，教他写个执结，开个花名，把他老老小小，一一查明，吩咐他关了洞门，不许阻路，却请师父静静悄悄的过去，方显得老孙手段！』沙僧只教：『仔细，仔细！』行者笑道：『不消嘱咐。我这一去，就是东洋大海也荡开路，就是铁裹银山也撞透门！』

好大圣，唿哨一声，纵筋斗云，跳上高峰。扳藤负葛，平山观看，那山里静悄无人。忽失声道：『错了，错了！不该放这金星老儿去了。他原来恐唬我。这里那有个甚么妖精！他就出来跳风顽耍，必定拈枪弄棒，操演武艺，如何没有一个？』正自家揣度，只听得山背后，叮叮当当，辟辟剥剥，梆铃之声。急回头看处，原来是个小妖儿，掮着一杆『令』字旗，腰间悬着铃子，手里敲着梆子，从北向南而走。仔细看他，有一丈二尺的身子。行者暗笑道：『他必

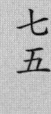

长庚传报魔头狠
行者施为变化能

三藏正然行处，忽见一座高山，峰插碧空，真个是摩星碍日。长老心中害怕，叫悟空道：『你看前面这山，十分高耸，但不知有路通行否。』行者笑道：『师父说那里话。自古道：「山高自有客行路，水深自有渡船人。」岂无通达之理？可放心前去。』长老闻言，喜笑花生，扬鞭策马而进，径上高岩。

是个铺兵。想是送公文下报帖的。且等我去听他一听，看他说些甚话。』

好大圣，捻着诀，念个咒，摇身一变，变做个苍蝇儿，轻轻飞在他帽子上，侧耳听之。只见那小妖走上大路，敲着梆，摇着铃，口里作念道：『我等寻山的，各人要谨慎堤防孙行者：他会变苍蝇！』行者闻言，暗自惊疑道：『这厮看见我了；若未看见，怎么就知我的名字，又知我会变苍蝇！』原来那小妖也不曾见他，只是那魔头不知怎么就吩咐他这话，却是个谣言，着他这等胡念。行者不知，反疑他看见，就要取出棒来打他，却又停住，暗想道：『曾记得八戒问金星时，他说老妖三个，小妖有四万七八千名。似这小妖，再多几万，也不打紧，却不知这三个老魔有多大手段。等我问他一问，动手不迟。』

好大圣！你道他怎么去问？跳下他的帽子来，钉在树头上，让那小妖先行几步，急转身腾那，也变做个小妖儿，照依他敲着梆，摇着铃，掮着旗，一般衣服，只是比他略长了三五寸，口里也那般念着，赶上前叫道：『走路的，等我一等。』那小妖回头道：『你是那里来的？』行者笑道：『好人呀，一家人也不认得！』小妖道：『我家没你呀。』行者道：『怎的没我？你认认看。』小妖道：『面生，认不得，认不得。』行者道：『可知道面生。我是烧火的，你会得我少。』小妖摇头道：『没有，没有，我洞里就是烧火的那些兄弟，也没有这个嘴尖的。』行者暗想道：『这个嘴好的变尖了些了。』即低头，把手侮着嘴揉一揉道：『我的嘴不尖啊。』真个就不尖了。那小妖道：『你刚才是个尖嘴，怎么揉一揉就不尖了？疑惑人子，大不好认。不是我一家的，少会，少会！可疑，可疑！我那大王家法甚严，烧火的只管烧火，巡山的只管巡山，终不然教你烧火，又教你来巡山？』行者口乖，就趁过来道：『你不知道。大王见我烧得火好，就升我来巡山。』

小妖道：『也罢，我们这巡山的，一班有四十名，十班共四百名，各自年貌，各自名色。大王怕我们乱了班次，不好点卯，一家与我们一个牌儿为号。你可有牌儿？』行者只见他那般打扮，那般报事，遂照他的模样变了；因不曾看见他的牌儿，所以身上没有。好大圣，更不说没有，就满口应承道：『我怎么没牌？但只是刚才领的新牌。拿你的出来我看。』

那小妖那里知这个机括，即揭起衣服，贴身带着个金漆牌儿，穿条绒线绳儿，扯与行者看看。行者见那牌背是个『威镇诸魔』的金牌，正面有三个真字，是『小钻风』，他却心中暗想道：『不消说了！但是巡山的，必有个「风」字坠脚。』便道：『你且放下衣走过，等我拿牌儿你看。』即转身，插下手，将尾巴梢儿的小毫毛拔下一根，捻他把，叫『变』！即变做个金漆牌儿，也穿上个绿绒绳儿，上书三个真字，乃『总钻风』，拿出来，递与他看了。小妖大惊道：『我们都叫做个小钻风，偏你又叫做个甚么「总钻风」？』行者干事找绝，说话合宜，就道：『你实不知。

大王见我烧得火好，把我升个巡风；又与我个新牌，叫做「总巡风」。教我管你这一班四十名兄弟也。』那妖闻言，即忙唱喏道：『长官，长官，新点出来的，实是面生。言语冲撞，莫怪！』行者还着礼笑道：『怪便不怪你，只是一件：见面钱却要哩。每人拿出五两来罢。』小妖道：『长官不要忙，待我向南岭头会了我这一班的人，一总打发罢。』行者道：『既如此，我和你同去。』那小妖真个前走，大圣随后相跟。

不数里，忽见一座笔峰。何以谓之笔峰？那山头上长出一条峰来，约有四五丈高，如笔插在架上一般，故以为名。行者到边前，把尾巴掬一掬，跳上去，坐在峰尖儿上。叫道：『钻风，都过来！』那些小钻风在下面躬身道：『长官，伺候。』行者道：『你可知大王点我出来之故？』小妖道：『不知。』行者道：『大王要吃唐僧，只怕孙行者神通广大，说他会变化，只恐他变作小钻风，来这里踹着路径，打探消息，把我升作总钻风，来查勘你们这一班可有假的。』小钻风连声应道：『长官，我们俱是真的。』行者道：『你既是真的，大王有甚本事，你可晓得？』小钻风道：『我晓得。』行者道：『你晓得，快说来我听。如若说得合着我，便是真的；若说差了一些儿，便是假的。我定拿去见大王处治。』

那小钻风见他坐在高处，弄獐弄智，呼呼喝喝的，没奈何，只得实说道：『我大王神通广大，本事高强，一口曾吞了十万天兵。』行者闻说，吐出一声道：『你是假的！』小钻风慌了道：『长官老爷，我是真的，怎么说是假的？』行者道：『你既是真的，如何胡说！大王身子能有多大，一口都吞了十万天兵？』小钻风道：『长官原来不知。我大王会变化：要大能撑天堂，要小就如菜子。因那年王母娘娘设蟠桃大会，邀请诸仙，他不曾具柬来请，我大王意欲争天，被玉皇差十万天兵来降我大王：是我大王变化法身，张开大口，似城门一般，用力吞将去，唬得众天兵不敢交锋，关了南天门：故此是一口曾吞十万兵。』

行者闻言暗笑道：『若是讲手头之话，老孙也曾干过。』又应声道：『二大王有何本事？』小钻风道：『二大王身高三丈，卧蚕眉，丹凤眼，美人声，匾担牙，鼻似蛟龙。若与人争斗，只消一鼻子卷去，就是铁背铜身，也就魂亡魄丧！』行者道：『鼻子卷人的妖精也好拿。』又应声道：『三大王也有几多手段？』小钻风道：『我三大王不是凡间之怪物，名号云程万里鹏，行动时，抟风运海，振北图南。随身有一件儿宝贝，唤做「阴阳二气瓶」。假若是把人装在瓶中，一时三刻，化为浆水。』行者听说，心中暗惊道：『妖魔倒也不怕，只是仔细防他瓶儿。』又应声道：『三个大王的本事，你倒也说得不差，与我知道的一样；但只是那个大王要吃唐僧哩？』小钻风道：『长官，你不知道？』行者喝道：『我比你不知些儿！因恐汝等不知底细，吩咐我来着实盘问你哩！』小钻风道：『我大大王与二大王久住在狮驼岭狮驼洞。三大王不在这里住。他原住处离此西下有四百里远近。那厢有座城，唤做狮驼国。他五百年前吃了这城国王及文武官僚，满城大小男女也尽被他吃了干净，因此上夺了他的江山。如今尽是些妖怪。不知那一年打听得东土唐朝差一个僧人去西天取经，说那唐僧乃十世修行的好人，有人吃他一块肉，就延寿长生不老，只因怕他一个徒弟孙行者十分利害，自家一个难为，径来此处与我这两个大王结为兄弟，合意同心，打伙儿捉那个唐僧也。』

行者闻言，心中大怒道：『这泼魔十分无礼！我保唐僧成正果，他怎么算计要吃我的人！』恨一声，咬响钢牙，掣出铁棒，跳下高峰，把棍子望小妖头上砑了一砑，可怜，就砑得象一个肉陀！自家见了，又不忍道：『咦！他倒是个好意，把些家常话儿都与我说了，我怎么却这一下子就结果了他？也罢，也罢，左右是左右！』好大圣，只为师父阻路，没奈何干出这件事来。就把他牌儿解下，带在自家腰里，将『令』字旗掮在背上，腰间挂了铃，手里敲着梆子，迎风捻个诀，口里念个咒语，摇身一变，变的就像小钻风模样；拽回步，径转旧路，找寻洞府，去打探那三个老

行者施为变化能

不数里，忽见一座笔峰。何以谓之笔峰？那山头上长出一条峰来，约有四五丈高，如笔插在架上一般，故以为名。行者到边前，把尾巴揪一揪，跳上去，坐在峰尖儿上。叫道：『钻风，都过来！』那些小钻风在下面躬身道：『长官，伺候。』

妖魔的虚实。这正是：

千般变化美猴王，万样腾那真本事！

闯入深山，依着旧路，正走处，忽听得人喊马嘶之声，即举目观之，原来是狮驼洞口有万数小妖排列着枪刀剑戟，旗帜旌旄。这大圣心中暗喜道：『李长庚之言，真是不妄！真是不妄！』原来这摆列的有些路数：二百五十名作一大队伍。他只见有四十名杂彩长旗，迎风乱舞，就知有万名人马；却又自揣自度道：『老孙变作小钻风，这一进去，那老魔若问我巡山的话，我必随机答应。倘或一时言语差讹，认得我啊，怎生脱体？就要往外跑时，那伙把门的挡住，如何出得门去？要拿洞里妖王，必先除了门前众怪！』

你道他怎么除得众怪？好大圣，想着：『那老魔不曾与我会面，就知我老孙的名头，我且倚着我的这个名头，仗着威风，说些大话，吓他一吓看。果然中土众僧有缘有分，取得经回，这一去，只消我几句英雄之言，就吓退那门前若干之怪。假若众僧无缘无分，取不得真经啊，就是纵然说得莲花现，也除不得西方洞外精。』心问口，口问心，思量此计，敲着梆，摇着铃，径直闯到狮驼洞口，早被前营上小妖挡住道：『小钻风来了？』行者不应，低着头就走。

走至二层营里，又被小妖扯住道：『小钻风来了？』行者道：『来了。』众妖道：『你今早巡风去，可曾撞见甚么孙行者么？』行者道：『撞见的。正在那里磨杠子哩。』众妖害怕道：『他怎么个模样？磨甚么杠子？』行者道：『他蹲在那涧边，还似个开路神；若站起来，好道有十数丈长！手里拿着一条铁棒，就似碗来粗细的一根大杠子，在那石崖上抄一把水，磨一磨，口里又念着：「杠子啊！这一向不曾拿你出来显显神通，这一去就有十万妖精，也都替我打死！等我杀了那三个魔头祭你！」你要磨得明了，先打死你门前一万妖精哩！』那些小妖闻得此言，一个个心惊胆战，魂散魄飞。行者又道：『列位，那唐僧的肉也不多几斤，也分不到我处，我们替他顶这个缸怎的！不如我们各自散一散罢。』众妖都道：『说得是。我们各自顾命去来。』假若是些军民人等，服了圣化，就死也不敢走。原来此辈都是些狼虫虎豹，走兽飞禽，呜的一声，都哄然而去了。这个倒不像孙大圣几句铺头话，却就如楚歌声吹散了八千兵！行者暗自喜道：『好了，老妖是死了，闻言就走，怎敢觌面相逢？这进去还似此言方好，若说差了，才这伙小妖有一两个倒走进去听见，却不走了风汛？……』你看他：

存心来古洞，仗胆入深门。

毕竟不知见那个老魔头有甚吉凶，且听下回分解。

心猿鑽透陰陽體

心猿钻透阴阳窍

三怪道：『哥哥，你不曾看见他？他才子闪着身，笑了一声，我见他就露出个雷公嘴来。见我扯住时，他又变作个这等模样。』叫：『小的们，拿绳来！』众头目即取绳索。三怪把行者扳翻倒，四马攒蹄捆住；揭起衣裳看时，足足是个弼马温。

第七十五回　心猿钻透阴阳窍　魔王还归大道真

却说孙大圣进于洞口，两边观看。只见：

骷髅若岭，骸骨如林。人头发蹰成毡片，人皮肉烂作泥尘。人筋缠在树上，干焦晃亮如银。真个是尸山血海，果然腥臭难闻。东边小妖，将活人拿了剐肉；西下泼魔，把人肉鲜煮鲜烹。若非美猴王如此英雄胆，第二个凡夫也进不得他门。

不多时，行入二层门里看时，呀！这里却比外面不同：清奇幽雅，秀丽宽平；左右有瑶草仙花，前后有乔松翠竹。又行七八里远近，才到三层门。闪着身，偷着眼看处，那上面高坐三个老妖，十分狞恶。中间的那个生得：

凿牙锯齿，圆头方面。声吼若雷，眼光如电。仰鼻朝天，赤眉飘焰。但行处，百兽心慌；若坐下，群魔胆战。这一个是兽中王，青毛狮子怪。

左手下那个生得：

凤目金睛，黄牙粗腿。长鼻银毛，看头似尾。圆额皱眉，身躯磊磊。细声如窈窕佳人，玉面似牛头恶鬼。这一个是藏齿修身多年的黄牙老象。

右手下那一个生得：

金翅鲲头，星睛豹眼。振北图南，刚强勇敢。变生翱翔，鷃笑龙惨。抟风翮百鸟藏头，舒利爪诸禽丧胆。这个是云程九万的大鹏雕。

那两下列着有百十大小头目，一个个全装披挂，介胄整齐，威风凛凛，杀气腾腾。

行者见了，心中欢喜。一些儿不怕，大踏步，径直进门，把梆铃卸下。朝上叫声『大王。』三个老魔，笑呵呵问道：『小钻风，你来了？』行者应声道：『来了。』『你去巡山，打听孙行者的下落何如？』行者道：『大王在上，我也不敢说起。』老魔道：『怎么不敢说？』行者道：『我奉大王命，敲着梆铃，正然走处，猛抬头，只看见一个人，蹲在那里磨杠子，还像个开路神，若站将起来，足有十数丈长短。他就着那涧崖石上，抄一把水，磨一磨，口里又念一声，说他那杠子到此还不曾显个神通，他要磨明，就来打大王。我因此知他是孙行者，特来报知。』

那老魔闻此言，浑身是汗，唬得战呵呵的道：『兄弟，我说莫惹唐僧。他徒弟神通广大，预先作了准备，磨棍打我们，却怎生是好？』教：『小的们，把洞外大小俱叫进来，关了门，让他过去罢。』那头目中有知道的报：『大王，门外小妖，已都散了。』老魔道：『怎么都散了？想是闻得风声不好也。快早关门！快早关门！』众妖乒乓把前后门尽皆牢拴紧闭。

行者自心惊道：『这一关了门，他再问我家长里短的事，我对不来，却不弄走了风，被他拿住？且再唬他一唬，教他开着门，好跑。』又上前道：『大王，他还说得不好。』老魔道：『他又说甚么？』行者道：『他说拿大大王剥皮，二大王剐骨，三大王抽筋。你们若关了门不出去啊，他会变化，一时变了个苍蝇儿，自门缝里飞进，把我们都拿出去，却怎生是好？』老魔道：『兄弟们仔细。我这洞里，递年家没个苍蝇，但是有苍蝇进来，就是孙行者。』行者暗笑道：『就变个苍蝇唬他一唬，好开门。』大圣闪在旁边，伸手去脑后拔了一根毫毛，吹一口仙气，叫：『变！』即变做一个金苍蝇，飞去望老魔劈脸撞了一头。那老怪慌了道：『兄弟，不停当，那话儿进门来了！』惊得那大小群妖，一个个丫钯扫帚，都上前乱扑苍蝇。

这大圣忍不住，嗤嗤的笑出声来。干净他不宜笑，这一笑笑出原嘴脸来了，却被那第三个老妖魔，跳上前，一把扯住道：『哥哥，险些儿被他瞒了！』老魔道：『贤弟，谁瞒谁？』三怪道：『刚才这个回话的小妖，不是小钻风，他就是孙行者。必定撞见小钻风，不知是他怎么打杀了，却变化来哄我们哩。』行者慌了道：『他认得我了！』即把手摸摸，对老怪道：『我怎么是孙行者？我是小钻风。大王错认了。』老魔笑道：『兄弟，他是小钻风。他一日三次在面前点卯，我认得他。』又问：『你有牌儿么？』行者道：『有。』掳着衣服，就拿出牌子。老怪一发认实道：『兄弟，莫屈了他。』三怪道：『哥哥，你不曾看见他？他才子闪着身，笑了一声，我见他就露出个雷公嘴来。见我扯住时，他又变作个这等模样。』叫：『小的们，拿绳来！』众头目即取绳索。三怪把行者扳翻倒，四马攒蹄捆住；揭起衣裳看时，足足是个弼马温。原来行者有七十二般变化，若是变飞禽、走兽、花木、器皿、昆虫之类，却就连身子滚去了；但变人物，却只是头脸变了，身子变不过来。果然一身黄毛，两块红股，一条尾巴。老妖看着道：『是孙行者的身子，小钻风的脸皮。是他了！』教：『小的们，先安排酒来，与你三大王递个得功之杯。既拿到了孙行者，唐僧坐定是我们口里食也。』三怪道：『且不要吃酒。孙行者溜撒，他会逃遁之法，只怕走了。教小的们抬出瓶来，把孙行者装在瓶里，我们才好吃酒。』

老魔大笑道：『正是！正是！』即点三十六个小妖，入里面开了库房门，抬出瓶来。你说那瓶有多大？只得二尺四寸高。怎么用得三十六个人抬？那瓶乃阴阳二气之宝，内有七宝八卦、二十四气，要三十六人，按天罡之数，才抬得动。不一时，将宝瓶抬出，放在三层门外，展得干净，揭开盖，把行者解了绳索，剥了衣服，就着那瓶中仙气，飕的一声，吸入里面，将盖子盖上，贴了封皮。却去吃酒道：『猴儿今番入我宝瓶之中，再莫想那西方之路！若还能够拜佛求经，除是转背摇车，再去投胎夺舍是。』你看那大小群妖，一个个笑呵呵都去贺功不题。

却说大圣到了瓶中，被那宝贝将身束得小了，索性变化，蹲在当中；半晌，倒还荫凉，忽失声笑道：『这妖精外有虚名，内无实事。怎么告诵人说这瓶装了人，一时三刻，化为脓血？若似这般凉快，就住上七八年也无事！』咦！大圣原来不知那宝贝根由：假若装了人，一年不语，一年荫凉，但闻得人言，就有火来烧了。大圣未曾说完，只见满瓶都是火焰。幸得他有本事，坐在中间，捻着避火诀，全然不惧。耐到半个时辰，四周围钻出四十条蛇来咬。行者轮开手，抓将过来，尽力气一攥，攥做八十段。少时间，又有三条火龙出来，把行者上下盘绕，着实难禁，自觉慌张无措道：『别事好处，这三条火龙难为。再过一会不出，弄得火气攻心，怎了？』他想道：『我把身子长一长，券破罢。』好大圣，捻着诀，念声咒，叫：『长』！即长了丈数高下，那瓶紧靠着身，也就长起去；他把身子往下一小，那瓶儿也就小下来了。行者心惊道：『难，难，难！怎么我长他也长，我小他也小？如之奈何！』说不了，孤拐上有些疼痛，急伸手摸摸，却被火烧软了，自己心焦道：『怎么好？孤拐烧软了！弄做个残疾之人了！』忍不住吊下泪来，这正是：

遭魔遇苦怀三藏，着难临危虑圣僧。

道：『师父啊！当年皈正，蒙观音菩萨劝善，脱离天灾，我与你苦历诸山，收殄多怪，降八戒，得沙僧，千辛万苦，指望同证西方，共成正果。何期今日遭此毒魔，老孙误入于此，倾了性命，撇你在半山之中，不能前进！想是我昔日名高，故有今朝之难！』正此凄怆，忽想起：『菩萨当年在蛇盘山曾赐我三根救命毫毛，不知有无，且等我寻一寻看。』即伸手浑身摸了一把，只见脑后有三根毫毛，十分挺硬。忽喜道：『身上毛都如彼软熟，只此三根如此硬枪，必然是救我命的。』即便咬着牙，忍着疼，拔下毛，吹口仙气，叫：『变』！一根即变作金钢钻，一根变作竹片，一根变作绵绳。扳张篾片弓儿，牵着那钻，照瓶底下飕飕的一顿钻，钻成一个眼孔，透进光亮。喜道：『造化，造化，却好出去也！』才变化出身，那瓶复荫凉了。怎么就凉？原来被他钻了，把阴阳之气泄了，故此遂凉。

好大圣，收了毫毛，将身一小，就变做个蟭蟟虫儿，十分轻巧，细如须发，长似眉毛，自孔中钻出；且还不走，径飞在老魔头上钉着。那老魔正饮酒，猛然放下杯儿道：『三弟，孙行者这回化了么？』三魔笑道：『还到此时哩？』老魔教传令抬上瓶来。那下面三十六个小妖即便抬瓶，瓶就轻了许多，慌得众小妖报道：『大王，瓶轻了！』老魔喝道：『胡说！宝贝乃阴阳二气之全功，如何轻了！』内中有一个勉强的小妖，把瓶提上来道：『你看这不轻了？』老魔揭盖看时，只见里面透亮，忍不住失声叫道：『这瓶里空者，控也！』大圣在他头上，也忍不住道一声：『我的儿啊！搜者，走也！』众怪听见道：『走了，走了！』即传令：『关门，关门！』

那行者将身一抖，收了剥去的衣服，现本相，跳出洞外。回头骂道：『妖精不要无礼！瓶子钻破，装不得人了，只好拿了出恭。』喜喜欢欢，嚷嚷闹闹，踏着云头，径转唐僧处。那长老正在那里撮土为香，望空祷祝。行者且停云头，听他祷祝甚的。那长老合掌朝天道：

『祈请云霞众位仙，六丁六甲与诸天。
愿保贤徒孙行者，神通广大法无边。』

大圣听得这般言语，更加努力，收敛云光，近前叫道：『师父，我来了！』长老搀住道：『悟空，劳碌！你远探高山，许久不回，我甚忧虑。端的这山中有何吉凶？』行者笑道：『师父，才这一去，一则是东土众僧有缘有分，二来是师父功德无量无边，三也亏弟子法力！』将前项妆钻风、陷瓶里及脱身之事，细陈了一遍。『今得见尊师之面，实为两世之人也！』长老感谢不尽道：『你这番不曾与妖精赌斗么？』行者道：『不曾。』长老道：『这等保不得我过山了？』行者是个好胜的人，叫喊道：『我怎么保你过山不得？』长老道：『不曾与他见个胜负，只这般含糊，我怎敢前进！』大圣笑道：『师父，你也忒不通变。常言道：「单丝不线，孤掌难鸣。」那魔三个，小妖千万，教老孙一人，怎生与他赌斗？』长老道：『寡不敌众，是你一人也难处。八戒、沙僧他也都有本事，教他们都去，与你协力同心，扫净山路，保我过去罢。』行者沉吟道：『师言最当。着沙僧保护你，着八戒跟我去罢。』那呆子慌了道：『哥哥没眼色！我又粗夯，无甚本事，走路扛风，跟你何益？』行者道：『兄弟，你虽无甚本事，好道也是个人。俗云：「放屁添风。」你也可壮我些胆气。』八戒道：『也罢，也罢，望你带挈带挈。但只急溜处，莫捉弄我。』长老道：『八戒在意，我与沙僧在此。』

那呆子抖擞神威，与行者纵着狂风，驾着云雾，跳上高山，即至洞口。早见那洞门紧闭，四顾无人。行者上前，执铁棒，厉声高叫道：『妖怪开门！快出来与老孙打耶！』

那洞里小妖报入，老魔心惊胆战道：『几年都说猴儿狠，话不虚传果是真！』二老怪在旁问道：『哥哥怎么说？』老魔道：『那行者早间变小钻风混进来，我等不能相识。幸三贤弟认得，把他装在瓶里。他弄本事，钻破瓶

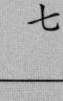

心猿钻透阴阳窍 魔王还归大道真

好大圣，就把身搂上来，打个滚，依然一个身子，掣棒劈头就打。那老魔举刀架住道：『泼猴无礼！甚么样个哭丧棒，敢上门打人？』大圣喝道：『你若问我这条棍，天上地下，都有名声。』

儿，却又摄去衣服走了。如今在外叫战，谁敢与他打个头仗？』更无一人答应。又问，又无人答，都是那装聋推哑。老魔发怒道：『我等在西方大路上，忝着个丑名，今日孙行者这般藐视，若不出去与他见阵，也低了名头。等我舍了这老性命去与他战上三合！三合战得过，唐僧还是我们口里食；战不过，那时关了门，让他过去罢。』遂取披挂结束了，开门前走。

行者与八戒在门旁观看，真是好一个怪物：

铁额铜头戴宝盔，盔缨飘舞甚光辉。辉辉掣电双睛亮，亮亮铺霞两鬓飞。勾爪如银尖且利，锯牙似凿密还齐。
身披金甲无丝缝，腰束龙绦有见机。手执钢刀明晃晃，英雄威武世间稀。一声吆喝如雷震，问道敲门者是谁？

大圣转身道：『是你孙老爷齐天大圣也。』老魔笑道：『你是孙行者？大胆泼猴！我不惹你，你却为何在此叫战？』行者道：『「有风方起浪，无潮水自平。」你不惹我，我好寻你？只因你狐群狗党，结为一伙，算计吃我师父，所以来此施为。』老魔道：『你这等雄纠纠的，嚷上我门，莫不是要打么？』行者道：『正是。』老魔道：『你休猖獗！我若调出妖兵，摆开阵势，摇旗擂鼓，与你交战，显得我是坐家虎，欺负你了。我只与你一个对一个，不许帮丁！』行者闻言，叫：『猪八戒走过，看他把老孙怎的！』那呆子真个闪在一边。老魔道：『你过来，先与我做个桩儿，让我尽力气着光头砍上三刀，就让你唐僧过去；假若禁不得，快送你唐僧来，与我做一顿下饭！』行者闻言笑道：『妖怪，你洞里若有纸笔，取出来，与你立个合同。自今日起，就砍到明年，我也不与你当真！』

那老魔抖擞威风，丁字步站定，双手举刀，望大圣劈顶就砍。这大圣把头往上一迎，只闻扢扠一声响，头皮儿红也不红。那老魔大惊道：『这猴子好个硬头儿！』大圣笑道：『你不知。老孙是：

生就铜头铁脑盖，天地乾坤世上无。斧砍锤敲不得碎，幼年曾入老君炉。四斗星官监临造，二十八宿用工夫。水浸几番不得坏，周围扢搭板筋铺。唐僧还恐不坚固，预先又上紫金箍。』

老魔道：『猴儿不要说嘴！看我这二刀来！决不容你性命！』行者道：『不见怎的，左右也只这般砍罢了。』老魔道：『猴儿，你不知这刀：

金火炉中造，神功百炼熬。锋刃依三略，刚强按六韬。却似苍蝇尾，犹如白蟒腰。入山云荡荡，下海浪滔滔。琢磨无遍数，煎熬几百遭。深山古洞放，上阵有功劳。搀着你这和尚天灵盖，一削就是两个瓢！』

大圣笑道：『这妖精没眼色！把老孙认做个瓢头哩！也罢，误砍误让，教你再砍一刀看怎么。』

那老魔举刀又砍，大圣把头迎一迎，乒乓的劈做两半个；大圣就地打个滚，变做两个身子。那妖一见慌了，手按下钢刀。猪八戒远远望见，笑道：『老魔好砍两刀的，却不是四个人了？』老魔指定行者道：『闻你能使分身法，怎么把这法儿拿出在我面前使！』大圣道：『何为分身法？』老魔道：『为甚么先砍你一刀不动，如今砍你一刀，就是两个人？』大圣笑道：『妖怪，你切莫害怕。砍上一万刀，还你二万个人！』老魔道：『你这猴儿，你只会分身，不会收身。你若有本事收做一个，打我一棍去罢。』大圣道：『不许说谎。你要砍三刀，只砍了我两刀。教我打一棍，若打了棍半，就不姓孙！』老魔道：『正是，正是。』

好大圣，就把身搂上来，打个滚，依然一个身子，掣棒劈头就打。那老魔举刀架住道：『泼猴无礼！甚么样个哭丧棒，敢上门打人？』大圣喝道：『你若问我这条棍，天上地下，都有名声。』老魔道：『怎见名声？』他道：

『棒是九转镔铁炼，老君亲手炉中煅。禹王求得号「神珍」，四海八河为定验。中间星斗暗铺陈，两头箝裹黄金片。花纹密布鬼神惊，上造龙纹与凤篆。名号「灵阳棒」一条，深藏海藏人难见。成形变化要飞腾，飘摇五色霞光现。老孙得道取归山，无穷变化多经验。时间要大瓮来粗，或小些微如铁线。粗如南岳细如针，长短随吾心意变。轻轻举动彩云生，亮亮飞腾如闪电。攸攸冷气逼人寒，条条杀雾空中现。降龙伏虎谨随身，天涯海角都游遍。曾将此棍闹天宫，威风打散蟠桃宴。天王赌斗未曾赢，哪吒对敌难交战。棍打诸神没躲藏，天兵十万都逃窜。雷霆众将护灵霄，飞身打上通明殿。掌朝天使尽皆惊，护驾仙卿俱搅乱。举棒掀翻北斗宫，回首振开南极院。金阙天皇见棍凶，特请如来与我见。兵家胜负自如然，困苦灾危无可辨。整整挨排五百年，亏了南海菩萨劝。大唐有个出家僧，对天发下洪誓愿。枉死城中度鬼魂，灵山会上求经卷。西方一路有妖魔，行动甚是不方便。已知铁棒世无双，央我途中为侣伴。邪魔汤着赴幽冥，肉化红尘骨化面。处处妖精棒下亡，论万成千无打算。上方击坏斗牛宫，下方压损森罗殿。天将曾将九曜追，地府打伤催命判。半空丢下振山川，胜如太岁新华剑。全凭此棍保唐僧，天下妖魔都打遍！』

那魔闻言，战兢兢舍着性命，举刀就砍。猴王笑吟吟，使铁棒前迎。他两个先时在洞前撑持，然后跳起去，都在半空里厮杀。这一场好杀：

天河定底神珍棒，棒名如意世间高。夸称手段魔头恼，大捍刀挚法力豪。门外争持还可近，空中赌斗怎相饶！一个随心更面目，一个立地长身腰。杀得满天云气重，遍野雾飘摇。那一个几番立意吃三藏，这一个广施法力保唐朝。都因佛祖传经典，邪正分明恨苦交。

那老魔与大圣斗经二十余合，不分输赢。原来八戒在底下见他两个战到好处，忍不住掣钯架风，跳将起去，望妖魔劈脸就筑。那魔慌了，不知八戒是个嚩头性子，冒冒失失的唬人。他只道嘴长耳大，手硬钯凶，败了阵，丢了刀，回头就走。大圣喝道：『赶上，赶上！』这呆子仗着威风，举着钉钯，即忙赶下怪去。

老魔见他赶的相近，在坡前立定，迎着风头，幌一幌现了原身，张开大口，就要来吞八戒。八戒害怕，急抽身往草里一钻，也管不得荆针棘刺，也顾不得刮破头疼，战兢兢的，在草里听着梆声。随后行者赶到，那怪也张口来吞，却中了他的机关，收了铁棒，迎将上去，被老魔一口吞之。唬得个呆子在草里囊囊咄咄的埋怨道：『这个弼马温，不识进退！那怪来吃你，你如何不走，反去迎他！这一口吞在肚中，今日还是个和尚，明日就是个大恭也！』那魔得胜而去。这呆子才钻出草来，溜回旧路。

却说三藏在那山坡下，正与沙僧盼望，只见八戒喘呵呵的跑来。三藏大惊道：『八戒，你怎么这等狼狈？悟空如何不见？』呆子哭哭啼啼道：『师兄被妖精一口吞下肚去了！』三藏听言，唬倒在地。半晌间跌脚拳胸道：『徒弟呀！只说你善会降妖，领我西天见佛，怎知今日死于此怪之手！苦哉，苦哉！我弟子同众的功劳，如今都化作尘土矣！』那师父十分苦痛。你看那呆子，他也不来劝解师父，却叫：『沙和尚，你拿将行李来，我两个分了罢。』沙僧

魔王还归大道真

老魔见他赶的相近，在坡前立定，迎着风头，幌一幌现了原身，张开大口，就要来吞八戒。八戒害怕，急抽身往草里一钻，也管不得荆针棘刺，也顾不得刮破头疼，战兢兢的，在草里听着梆声。随后行者赶到，那怪也张口来吞，却中了他的机关，收了铁棒，迎将上去，被老魔一口吞之。

道：『二哥，分开了，各人散火：你往流沙河，还去吃人；我往高老庄，看看我浑家。将白马卖了，与师父买个寿器送终。』长老气呼呼的，闻得此言，叫皇天放声大哭。且不题。

却说那老魔吞了行者，以为得计，径回本洞。众妖迎问出战之功。老魔道：『拿了一个来了。』二魔喜道：『哥哥拿的是谁？』老魔道：『是孙行者。』二魔道：『拿在何处？』老魔道：『被我一口吞在腹中哩。』第三个魔头大惊道：『大哥啊，我就不曾吩咐你。孙行者不中吃！』那大圣肚里道：『忒中吃、又禁饥，再不得饿。』慌得那小妖道：『大王，不好了！孙行者在你肚里说话哩！』老魔道：『怕他说话！有本事吃了他，没本事摆布他不成？你们快去烧些盐白汤，等我灌下肚去，把他哕出来，慢慢的煎了吃酒。』小妖真个冲了半盆盐汤。老怪一饮而干，洼着口，着实一呕，那大圣在肚里生了根，动也不动；却又拦着喉咙，往外又吐，吐得头晕眼花，黄胆都破了，行者越发不动。老魔喘息了，叫声：『孙行者，你不出来？』行者道：『早哩，正好不出来哩！』老魔道：『你怎么不出？』行者道：『你这妖精，甚不通变。我自做和尚，十分淡薄：如今秋凉，我还穿个单直裰。这肚里倒暖，又不透风，等我住过冬天才好出来。』

众妖听说，都道：『大王，孙行者要在你肚里过冬哩！』老魔道：『他要过冬，我就打起禅来，使个搬运法，一冬不吃饭，就饿杀那弼马温！』大圣道：『我儿子，你不知事！老孙保唐僧取经，从广里过，带了个折迭锅儿，进来煮杂碎吃。将你这里边的肝、肠、肚、肺，细细儿受用，还够盘缠到清明哩！』那二魔大惊道：『哥啊，这猴子他干得出来！』三魔道：『哥啊，吃了杂碎也罢，不知在那里支锅。』行者道：『三叉骨上好支锅。』三魔道：『不好了！假若支起锅，烧动火烟，到鼻孔里，打嚏喷么？』行者笑道：『没事！等老孙把金箍棒往顶门里一搠，搠个窟窿，一则当天窗，二来当烟洞。』

老魔听说，虽说不怕，却也心惊。只得硬着胆叫：『兄弟们，莫怕！把我那药酒拿来，等我吃几钟下去，把猴儿药杀了罢！』行者暗笑道：『老孙五百年前大闹天宫时，吃老君丹，玉皇酒，王母桃，及凤髓龙肝，那样东西我不曾吃过？是甚么药酒，敢来药我？』那小妖真个将药酒筛了两壶，满满斟了一钟，递与老魔。老魔接在手中，大圣在肚里就闻得酒香，道：『不要与他吃！』好大圣，把头一扭，变做个喇叭口子，张在他喉咙之下。那怪咽的咽下，被行者咽的接吃了。第二钟咽下，被行者咽的又接吃了。一连咽了七八钟，都是他接吃了。老魔放下钟道：『不吃了。这酒常时吃两钟，腹中如火；却才吃了七八钟，脸上红也不红！』原来这大圣吃不多酒，接了他七八钟吃了，在肚里撒起酒风来，不住的支架子，跌四平，踢飞脚；抓住肝花打秋千，竖蜻蜓，翻跟头乱舞。那怪物疼痛难禁，倒在地下。

毕竟不知死活如何，且听下回分解。

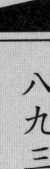

心神居舍魔归性

大圣放松了绳，收了铁棒，急纵身驾云走了。原来怕那伙小妖围绕，不好干事。他却跳出营外，去那空阔山头上，落下云，双手把绳尽力一扯，老魔心里才疼。他害疼，往上一挣，大圣复往下一扯。

第七十六回 心神居舍魔归性 木母同降怪体真

话表孙大圣在老魔肚里支吾一会，那魔头倒在尘埃，无声无气，若不言语，想是死了，却又把手放放。魔头回过气来，叫一声：『大慈大悲齐天大圣菩萨！』行者听见道：『儿子，莫废工夫，省几个字儿，只叫孙外公罢。』那妖魔惜命，真个叫：『外公，外公！是我的不是了！一差二误吞了你，你如今却反害我。万望大圣慈悲，可怜蝼蚁贪生之意，饶了我命，愿送你师父过山也。』

大圣虽英雄，甚为唐僧进步。他见妖魔哀告，好奉承的人，也就回了善念，叫道：『妖怪，我饶你，你怎么送我师父？』老魔道：『我这里也没甚么金银珠翠、玛瑙珊瑚、琉璃琥珀、玳瑁珍奇之宝相送；我兄弟三个，抬一乘香藤轿儿，把你师父送过此山。』行者笑道：『既是抬轿相送，强如要宝。你张开口，我出来。』那魔头真个就张开口。

那三魔走近前，悄悄的对老魔道：『大哥，等他出来时，把口往下一咬，将猴儿嚼碎，咽下肚，却不得磨害你了。』

原来行者在里面听得，便不先出去。却把金箍棒伸出，试他一试。那怪果往下一口，扢喳的一声，把个门牙都迸碎了。行者抽回棒道：『好妖怪！我倒饶你性命出来，你反咬我，要害我命！我不出来，活活的只弄杀你。不出来，不出来！』老魔报怨三魔道：『兄弟，你是自家人弄自家人了。且是请他出来好了，你却教我咬他。他倒不曾咬着，却迸得我牙龈疼痛。这是怎么起的！』

三魔见老魔怪他，他又作个激将法，厉声高叫道：『孙行者，闻你名如轰雷贯耳，说你在南天门外施威，灵霄殿下逞势；如今在西天路上降妖缚怪，原来是个小辈的猴头！』行者道：『我何为小辈？』三怪道：『「好汉千里客，万里去传名。」你出来，我与你赌斗，才是好汉；怎么在人肚里做勾当！非小辈而何？』行者闻言，心中暗想道：『是，是，是！我若如今扯断他肠，揌破他肝，弄杀这怪，有何难哉？但真是坏了我的名头。也罢，也罢！你张口，我出来与你比并。但只是你这洞口窄逼，不好使家火，须往宽处去。』三魔闻说，即点大小怪，前前后后，有三万多精，都执着精锐器械，出洞摆开一个三才阵势，专等行者出口，一齐上阵。那二怪搀着老魔，径至门外，叫道：『孙行者，好汉出来！此间有战场，好斗！』

大圣在他肚里，闻得外面鸦鸣鹊噪，鹤唳风声，知道是宽阔之处。却想着：『我不出去，是失信与他；若出去，这妖精人面兽心：先时说送我师父，哄我出来咬我，今又调兵在此。也罢，也罢！与他个两全其美：出去便出去，还与他肚里生下一个根儿。』即转手，将尾上毫毛拔了一根，吹口仙气，叫『变！』即变一条绳儿，只有头发粗细，倒有四十丈长短。那绳儿理出去，见风就长粗了。把一头拴着妖怪的心肝系上，打做个活扣儿。那扣儿不扯不紧，扯紧就痛。却拿着一头，笑道：『这一出去，他送我师父便罢；如若不送，乱动刀兵，我也没工夫与他打，只消扯此绳儿，就如我在肚里一般！』又将身子变得小小的，往外爬；爬到咽喉之下，见妖精大张着方口，上下钢牙，排如利刃，忽思量道：『不好，不好！若从口里出去扯这绳儿，他怕疼，往下一嚼，却不咬断了？我打他没牙齿的所在出去。』好大圣，理着绳儿，从他那上腭子往前爬，爬到他鼻孔里。那老魔鼻子发痒，『阿嚏』的一声，打了个喷嚏，却迸出行者。

行者见了风，把腰躬一躬，就长了有三丈长短，一只手扯着绳儿，一只手拿着铁棒。那魔头不知好歹，见他出来，就举钢刀，劈脸来砍。这大圣一只手使铁棒相迎。又见那二怪使枪，三怪使戟，没头没脸的乱上。大圣放松了绳，收了铁棒，急纵身驾云走了。原来怕那伙小妖围绕，不好干事。他却跳出营外，去那空阔山头上，落下云，双手把绳尽力一扯，老魔心里才疼。他害疼，往上一挣，大圣复往下一扯。众小妖远远看见，齐声高叫道：『大王，莫惹他！让他去罢！这猴儿不按时景。清明还未到，他却那里放风筝也！』大圣闻言，着力气蹬了一蹬，那老魔从空中，拍刺刺，似纺车儿一般，跌落尘埃。就把那山坡下死硬的黄土跌做个二尺浅深之坑。

慌得那二怪、三怪，一齐按下云头，上前拿住绳儿，跪在坡下，哀告道：『大圣啊，只说你是个宽洪海量之仙，谁知是个鼠腹蜗肠之辈。实实的哄你出来，与你见阵，不期你在我家兄心上拴了一根绳子！』行者笑道：『你这伙泼魔，十分无礼！前番哄我出去便就咬我，这番哄我出来，却又摆阵敌我。似这几万妖兵，战我一个，理上也不通。扯了去，扯了去见我师父！』那怪一齐叩头道：『大圣慈悲，饶我性命，愿送老师父过山。』行者笑道：『你要性命，只消拿刀把绳子割断罢了。』老魔道：『爷爷呀，割断外边的，这里边的拴在心上，喉咙里又木枩木枩的恶心，怎生是好？』行者道：『既如此，张开口，等我再进去解出绳来。』老魔慌了道：『这一进去，又不肯出来，却难也，却难也！』行者道：『我有本事外边就可以解得里面绳头也。解了可实实的送我师父么？』老魔道：『但解就送，决不敢打诳语。』大圣审得是实，即便将身一抖，收了毫毛，那怪的心就不疼了。这是孙大圣掩样的法儿，使毫毛拴着他的心；收了毫毛，所以就不害疼也。三个妖纵身而起，谢道：『大圣请回，上复唐僧，收拾下行李，我们就抬轿来送。』众怪偃干戈，尽皆归洞。

大圣收绳子，径转山东，远远的看见唐僧睡在地下打滚痛哭；猪八戒与沙僧解了包袱，将行李搭分儿，在那里分哩。行者暗暗嗟叹道：『不消讲了。这定是八戒对师父说我被妖精吃了，师父舍不得我，痛哭，那呆子却分东西散火哩。咦！不知可是此意，且等我叫他一声看。』

落下云头，叫道：『师父！』沙僧听见，报怨八戒道：『你是个「棺材座子，专一害人」！师兄不曾死，你却说他死了，在这里干这个勾当！那里不叫将来了？』八戒道：『我分明看见他被妖精一口吞了。想是日辰不好，那猴子来显魂哩。』行者到跟前，一把挝住八戒脸，一个巴掌打了个踉跄，道：『夯货！我显甚么魂？』呆子侮着脸道：『哥哥，你实是那怪吃了，你……你怎么又活了？』行者道：『像你这个不济事的脓包！他吃了我，我就抓他肠，捏他肺，又把这条绳儿穿住他的心，扯他疼痛难禁，一个个叩头哀告，我才饶了他性命。如今抬轿来送我师父过山也。』那三藏闻言，一骨鲁爬起来，对行者躬身道：『徒弟啊，累杀你了！若信悟能之言，我已绝矣！』行者轮拳打着八戒骂道：『这个馕糠的呆子，十分懈怠，甚不成人！师父，你切莫恼。那怪就来送你也。』沙僧也甚生惭愧。连忙遮掩，收拾行李，扣背马匹，都在途中等候不题。

却说三个魔头，帅群精回洞。二怪道：『哥哥，我只道是个九头八尾的孙行者，原来是恁的个小小猴儿！你不该吞他，只与他斗时，他那里斗得过你我！洞里这几万妖精，吐唾沫也可渰杀他。你却将他吞在肚里，他便弄起法来，教你受苦，怎么敢与他比较！才自说送唐僧，都是假意，实为兄长性命要紧，所以哄他出来。决不送他！』老魔道：『贤弟不送之故，何也？』二怪道：『你与我三千小妖，摆开阵势，我有本事拿住这个猴头！』老魔道：『莫说三千，凭你起老营去，只是拿住他，便大家有功。』

那二魔即点三千小妖，径到大路旁摆开，着一个蓝旗手往来传报，教：『孙行者！赶早出来，与我二大王爷爷交战！』八戒听见，笑道：『哥啊，常言道：「说谎不瞒当乡人。」就来弄虚头，捣鬼！怎么说降了妖精，就抬轿来送师父，却又来叫战，何也？』行者道：『老怪已被我降了，不敢出头，闻着个「孙」字儿，也害头疼。这定是二妖魔不伏气送我们，故此叫战。我道兄弟，这妖精有弟兄三个，这般义气；我弟兄也是三个，就没些义气。我已降了大魔，二魔出来，你就与他战战，未为不可。』八戒道：『怕他怎的！等我去打他一仗来！』行者道：『要去便去罢。』八戒笑道：『哥啊，去便去，你把那绳儿借与我使使。』行者道：『你要怎的？你又没本事钻在肚里，你又没本事拴在他心上，要他何用？』八戒道：『我要扣在这腰间，做个救命索。你与沙僧扯住后手，放我出去，与他交战。估着赢了他，你便放松，我把他拿住；若是输与他，你把我扯回来，莫教他拉了去。』真个行者暗笑道：『也是捉弄呆子一番！』就把绳儿扣在他腰里，撮弄他出战。

那呆子举钉钯跑上山崖，叫道：『妖精，出来！与你猪祖宗打来！』那蓝旗手急报道：『大王，有一个长嘴大耳朵的和尚来了！』二怪即出营，见了八戒，更不打话，挺枪劈面刺来。这呆子举钯上前迎住。他两个在山坡前搭上手，斗不上七八回合，呆子手软，架不得妖魔，急回头叫：『师兄，不好了！扯扯救命索，扯扯救命索！』这壁厢大圣闻言，转把绳子放松了，抛将去。那呆子败了阵，往后就跑。原来那绳子拖着走，还不觉；转回来，因松了，倒有些绊脚，自家绊倒了一跌，爬起来又一跌。始初还跌个踉踵，后面就跌了个嘴抢地。被妖精赶上，捽开鼻子，就如蛟龙一般，把八戒一鼻子卷住，得胜回洞。众妖凯歌齐唱，一拥而归。

这坡下三藏看见，又恼行者道：『悟空，怪不得悟能咒你死哩！原来你兄弟全无相亲相爱之意，专怀相嫉相妒之心！他那般说，教你扯扯救命索，你怎么不扯，还将索子丢去？如今教他被害，却如之何？』行者笑道：『师父也忒护短，忒偏心！罢了，象老孙拿去时，你略不挂念，左右是舍命之材；这呆子才自遭擒，你就怪我。也教他受些苦恼，方见取经之难。』三藏道：『徒弟啊，你去，我岂不挂念？想着你会变化，断然不至伤身。那呆子生得狼犺，又不会腾那，这一去，少吉多凶。你还去救他一救。』行者道：『师父不得报怨，等我去救他一救。』急纵身，赶上山，暗中恨道：『这呆子咒我死，且莫与他个快活，且跟去看那妖精怎么摆布他，等他受些罪，再去救他。』即捻诀念起真言，摇身一变，即变做个蟭蟟虫，飞将去，钉在八戒耳朵根上，同那妖精到了洞里。

二魔帅三千小怪，大吹大打的，至洞口屯下。自将八戒拿入里边道：『哥哥，我拿了一个来也。』老怪道：『拿来我看。』他把鼻子放松，捽下八戒道：『这不是？』老怪道：『这厮没用。』八戒闻言道：『大王，没用的放出去，寻那有用的捉来罢。』三怪道：『虽是没用，也是唐僧的徒弟猪八戒。且捆了，送在后边池塘里浸着。待浸退了毛，破开肚子，使盐腌了晒干，等天阴下酒。』八戒大惊道：『罢了，罢了！撞见那贩腌的妖怪也！』众怪一齐下手，把呆子四马攒蹄捆住，扛扛抬抬，送至池塘边，往中间一推，尽皆转去。

大圣却飞起来看处，那呆子四肢朝上，掘着嘴，半浮半沉，嘴里呼呼的，着然好笑，倒像八九月经霜落了子儿的一个大黑莲蓬。大圣见他那嘴脸，又恨他，又怜他，说道：『怎的好么？他也是龙华会上的一个人。但只恨他动不动分行李散火，又要撺掇师父念紧箍咒咒我。我前日曾闻得沙僧说，他攒了些私房，不知可有否。等我且吓他一吓看。』

好大圣，飞近他耳边，假捏声音，叫声：『猪悟能！猪悟能！』八戒慌了道：『晦气呀！我这悟能是观世音菩萨

心神居舍魔归性 木母同降怪体真

孙大圣又是太乙金仙，忠正之性，只以为擒纵之功，降了妖怪，亦岂期他都有异谋，却也不曾详察，尽着师父之意。即命八戒将行囊捎在马上，与沙僧紧随。他使铁棒向前开路，顾盼吉凶。八个抬起轿子，八个一递一声喝道。三个妖扶着轿杠，师父喜喜欢欢的端坐轿上。上了高山，依大路而行。

起的，自跟了唐僧，又呼做八戒，此间怎么有人知道我叫做悟能？』呆子忍不住问道：『是那个叫我的法名？』行者道：『是我。』呆子道：『你是那个？』行者道：『我是勾司人。』那呆子慌了道：『长官，你是那里来的？』行者道：『我是五阎王差来勾你的。』呆子道：『长官，你且回去，上复五阎王，他与我师兄孙悟空交得甚好，教他让我一日儿，明日来勾罢。』行者道：『胡说！阎王注定三更死，谁敢留人到四更！趁早跟我去，免得套上绳子扯拉！』呆子道：『长官，那里不是方便，看我这般嘴脸，还想活哩。死是一定死，只等一日，这妖精连我师父们都拿来，会一会，就都了帐也。』行者暗笑道：『也罢，我这批上有三十个人，都在这中前后，等我拘将来就你，便有一日耽阁。你可有盘缠，把些儿我去。』八戒道：『可怜啊！出家人那里有甚么盘缠？』行者道：『若无盘缠，索了去！跟着我走！』

呆子慌了道：『长官不要索。我晓得你这绳儿叫做「追命绳」，索上就要断气。有，有，有！有便有些儿，只是不多。』行者道：『在那里？快拿出来！』八戒道：『可怜，可怜！我自做了和尚，到如今，有些善信的人家斋僧，见我食肠大，衬钱比他们略多些儿，我拿了攒在这里，零零碎碎有五钱银子；因不好收拾，前者到城中，央了个银匠煎在一处，他又没天理，偷了我几分，只得四钱六分一块儿。你拿了去罢。』行者暗笑道：『这呆子裤子也没得穿，却藏在何处？咄！你银子在那里？』八戒道：『在我左耳朵眼儿里揌着哩。我捆了拿不得，你自家拿了去罢。』

行者闻言，即伸手在耳朵窍中摸出，真个是块马鞍儿银子，足有四钱五六分重；拿在手里，忍不住哈哈的一声大笑。那呆子认是行者声音，在水里乱骂道：『天杀的弼马温！到这们苦处，还来打诈财物哩！』行者又笑道：『我把你这馕糟的！老孙保师父，不知受了多少苦难，你到攒下私房？』八戒道：『嘴脸！这是甚么私房！都是牙齿上刮下来的，我不舍得买了嘴吃，留了买匹布儿做件衣服，你却吓了我的。还分些儿与我。』行者道：『半分也没得与你！』八戒骂道：『买命钱让与你罢，好道也救我出去是。』行者道：『莫发急，等我救你。』将银子藏了，即现原身，掣铁棒，把呆子划拢，用手提着脚，扯上来，解了绳。八戒跳起来，脱下衣裳，整干了水，抖一抖，潮漉漉的披在身上，道：『哥哥，开后门走了罢。』行者道：『后门里走，可是个长进的？还打前门上去。』八戒道：『我的脚捆麻了，跑不动。』行者道：『快跟我来。』

好大圣，把铁棒一路丢开解数，打将出去。那呆子忍着麻，只得跟定他。只看见二门下靠着的是他的钉钯；走上前，推开小妖，捞过来往前乱筑；与行者打出三四层门，不知打杀了多少小妖。

那老魔听见，对二魔道：『拿得好人！拿得好人！你看孙行者劫了猪八戒，门上打伤小妖也！』那二魔急纵身，绰枪在手，赶出门来，应声骂道：『泼猢狲，这般无礼！怎敢渺视我等！』大圣听得，即应声站下。那怪物不容讲，使枪便刺。行者正是会家不忙，掣铁棒，劈面相迎。他两个在洞门外，这一场好杀：

黄牙老象变人形，义结狮王为弟兄。因为大魔来说合，同心计算吃唐僧。齐天大圣神通广，辅正除邪要灭精。八戒无能遭毒手，悟空拯救出门行。妖王赶上施英猛，枪棒交加各显能。那一个枪来好似穿林蟒，这一个棒起犹如出海龙。龙出海门云霭霭，蟒穿林树雾腾腾。算来都为唐和尚，恨苦相持太没情。

那八戒见大圣与妖精交战，他在山嘴上竖着钉钯，不来帮打，只管呆呆的看着。那妖精见行者棒重，满身解数，全无破绽，就把枪架住。捽开鼻子，要来卷他。行者知道他的勾当，双手把金箍棒横起来，往上一举，被妖精一鼻子卷住腰胯，不曾卷手。你看他两只手在妖精鼻头上丢花棒儿耍子。

八戒见了，捶胸道：『咦！那妖怪晦气呀！卷我这夯的，连手都卷住了，不能得动；卷那们滑的，倒不卷手。他那两只手拿着棒，只消往鼻里一搠，那孔子里害疼流涕，怎能卷得他住？』行者原无此意，倒是八戒教了他。他就把棒幌一幌，小如鸡子，长有丈余，真个往他鼻孔里一搠。那妖精害怕，沙的一声，把鼻子捽放，被行者转手过来，一把挝住，用气力往前一拉，那妖精护疼，随着手，举步跟来。八戒方才敢近，拿钉钯望妖精胯子上乱筑。行者道：『不好，不好！那钯齿儿尖，恐筑破皮，淌出血来，师父看见，又说我们伤生，只调柄子来打罢。』

真个呆子举钯柄，走一步，打一下，行者牵着鼻子，就似两个象奴，牵至坡下。只见三藏凝睛盼望，见他两个嚷嚷闹闹而来，即唤：『悟净，你看悟空牵的是甚么？』沙僧见了，笑道：『师父，大师兄把妖精揪着鼻子拉来，真爱杀人也！』三藏道：『善哉，善哉，那般大个妖精！那般长个鼻子！你且问他：他若喜喜欢欢送我等过山呵，饶了他，莫伤他性命。』

沙僧急纵前迎着，高声叫道：『师父说：那怪果送师父过山，教不要伤他命哩。』那怪闻说，连忙跪下，口里呜呜的答应。原来被行者揪着鼻子，捏儹了，就如重伤风一般。叫道：『唐老爷，若肯饶命，即便抬轿相送。』行者道：『我师徒俱是善胜之人，依你言，且饶你命。快抬轿来。如再变卦，拿住决不再饶！』那怪得脱手，磕头而去。行者同八戒见唐僧，备言前事。八戒惭愧不胜，在坡前晾晒衣服，等候不题。

那二魔战战兢兢回洞，未到时，已有小妖报知老魔、三魔，说二魔被行者揪着鼻子拉去。老魔悚惧，与三魔帅众方出，见二魔独回，又皆接入，问及放回之故。二魔把三藏慈悯善胜之言，对众说了一遍。一个个面面相觑，更不敢言。

二魔道：『哥哥可送唐僧么？』老魔道：『兄弟，你说那里话！孙行者是个广施仁义的猴头，他先在我肚里，若肯害我性命，一千个也被他弄杀了。却才揪住你鼻子，若是扯了去不放回，只捏破你的鼻子头儿，却也惶恐。快早安排送他去罢。』三魔笑道：『送，送，送！』老魔道：『贤弟这话，却又像尚气的了。你不送，我两个送去罢。』

三魔又笑道：『二位兄长在上：那和尚倘不要我们送，只这等瞒过去，还是他的造化；若要送，不知正中了我的「调虎离山」之计哩。』老怪道：『何为「调虎离山」？』三怪道：『如今把满洞群妖，点将起来，万中选千，千中选百，百中选十六个，又选三十个。』老怪道：『怎么既要十六，又要三十？』三怪道：『要三十个会烹煮的，与他些精米、细面、竹笋、茶芽、香蕈、蘑菇、豆腐、面筋，着他二十里，或三十里，搭下窝铺，安排茶饭，管待唐僧。』老怪道：『又要十六个何用？』三怪道：『着八个抬，八个喝路。我弟兄相随左右，送他一程。此去向西四百余里，就是我的城池。我那里自有接应的人马。若至城边，如此如此，着他师徒首尾不能相顾。要捉唐僧，全在此十六个鬼成功。』老怪闻言，欢欣不已。真是如醉方醒，似梦方觉，道：『好！好！好！』即点众妖，先选三十，与他物件；又选十六，抬一顶香藤轿子。同出门来，又吩咐众妖：『俱不许上山闲走，孙行者是个多心的猴子，若见汝

木母同降怪体真

真个呆子举钯柄，走一步，打一下，行者牵着鼻子，就似两个象奴，牵至坡下。只见三藏凝睛盼望，见他两个嚷嚷闹闹而来，即唤：『悟净，你看悟空牵的是甚么？』沙僧见了，笑道：『师父，大师兄把妖精揪着鼻子拉来，真爱杀人也！』

等往来，他必生疑，识破此计。』

老怪遂帅众至大路旁高叫道：『唐老爷，今日不犯红沙，请老爷早早过山。』三藏闻言道：『悟空，是甚人叫我？』行者指定道：『那厢是老孙降伏的妖精抬轿来送你哩。』三藏合掌朝天道：『善哉，善哉！若不是贤徒如此之能，我怎生得去！』径直向前，对众妖作礼道：『多承列位之爱，我弟子取经东回，向长安当传扬善果也。』众妖叩首道：『请老爷上轿。』那三藏肉眼凡胎，不知是计；孙大圣又是太乙金仙，忠正之性，只以为擒纵之功，降了妖怪，亦岂期他都有异谋，却也不曾详察，尽着师父之意。即命八戒将行囊捎在马上，与沙僧紧随。他使铁棒向前开路，顾盼吉凶。八个抬起轿子，八个一递一声喝道。三个妖扶着轿杠，师父喜喜欢欢的端坐轿上。上了高山，依大路而行。

此一去，岂知欢喜之间愁又至。经云：『泰极否还生。』时运相逢真太岁，又值丧门吊客星。那伙妖魔，同心合意的，侍卫左右，早晚殷勤。行经三十里献斋，五十里又斋，未晚请歇，沿路齐齐整整。一日三餐，遂心满意，良宵一宿，好处安身。

西进有四百里余程，忽见城池相近。大圣举铁棒，离轿仅有一里之遥，见城池，把他吓了一跌，挣挫不起。你道他只这般大胆，如何见此着唬？原来望见那城中有许多恶气，乃是：

攒攒簇簇妖魔怪，四门都是狼精灵。斑斓老虎为都管，白面雄彪作总兵。丫叉角鹿传文引，伶俐狐狸当道行。千尺大蟒围城走，万丈长蛇占路程。楼下苍狼呼令使，台前花豹作人声。摇旗擂鼓皆妖怪，巡更坐铺尽山精。狡兔开门弄买卖，野猪挑担干营生。先年原是天朝国，如今翻作虎狼城。

那大圣正当悚惧，只听得耳后风响，急回头观看，原来是三魔双手举一柄画杆方天戟，往大圣头上打来。大圣急翻身爬起，使金箍棒劈面相迎。他两个各怀恼怒，气呼呼，更不打话，咬着牙，各要相争。又见那老魔头，传声号令，举钢刀便砍八戒。八戒慌得丢了马，轮着钯，向前乱筑。那二魔缠长枪，望沙僧刺来。沙僧使降妖杖支开架子敌住。三个魔头与三个和尚，一个敌一个，在那山头舍死忘生苦战。那十六个小妖却遵号令，各各效能。抢了白马、行囊，把三藏一拥，抬着轿子，径至城边，高叫道：『大王爷爷定计，已拿得唐僧来了！』那城上大小妖精，一个个跑下，将城门大开，吩咐各营卷旗息鼓，不许呐喊筛锣，说：『大王原有令在前，不许吓了唐僧；唐僧禁不得恐吓，一吓就肉酸不中吃了。』众精都欢天喜地邀三藏，控背躬身接主僧。把唐僧一轿子抬上金銮殿，请他坐在当中，一壁厢献茶，献饭，左右旋绕。那长老昏昏沉沉，举眼无亲。

毕竟不知性命何如，且听下回分解。

群魔欺本性

急赶至后宰门，封锁梆铃，一如前门；复乱抢抢的，灯笼火把，熯天通红，就如白日，却明明的照见他四众爬墙哩！老魔赶近，喝声：『那里走！』那长老唬得脚软筋麻，跌下墙来，被老魔拿住。二魔捉了沙僧，三魔擒倒八戒，众妖抢了行李、白马，只是走了行者。

第七十七回　群魔欺本性　一体拜真如

且不言唐长老困苦。却说那三个魔头，齐心竭力，与大圣兄弟三人，在城东半山内，努力争持。这一场，正是那铁刷帚刷铜锅，家家挺硬。好杀：

六般体相六般兵，六样形骸六样情。六恶六根缘六欲，六门六道赌输赢。三十六宫春自在，六六形色恨有名。这一个金箍棒，千般解数；那一个方天戟，百样峥嵘。八戒钉钯凶更猛，二怪长枪俊又能。小沙僧宝杖非凡，有心打死；老魔头钢刀快利，举手无情。这三个是护卫真僧无敌将，那三个是乱法欺君泼野精。起初犹可，向后弥凶。六枚都使升空法，云端里面各翻腾。一时间吐雾喷云天地暗，哮哮吼吼只闻声。

他六个斗罢多时，渐渐天晚。却又是风雾漫漫，霎时间，就黑暗了。

原来八戒耳大，盖着眼皮，越发昏蒙；手脚慢，又遮架不住，拖着钯，败阵就走，被老魔举刀砍去，几乎伤命；幸躲过头脑，被口刀削断几根鬃毛，赶上张开口咬着领头，拿入城中，丢与小怪，捆在金銮殿。老妖又驾云，起在半空助力。沙和尚见事不谐，虚幌着宝杖，顾本身回头便走，被二怪捽开鼻子，响一声，连手卷住，拿到城里，也叫小妖捆在殿下。却又腾空去叫拿行者。行者见两个兄弟遭擒，他自家独力难撑，正是『好手不敌双拳，双拳难敌四手』。他喊一声，把棍子隔开三个妖魔的兵器，纵筋斗驾云走了。

三怪见行者驾筋斗时，即抖抖身，现了本象，搧开两翅，赶上大圣。你道他怎能赶上？当时如行者闹天宫，十万天兵也拿他不住者，以他会驾筋斗云，一去有十万八千里路，所以诸神不能赶上。这妖精搧一翅就有九万里，两搧就赶过了，所以被他一把挝住，拿在手中，左右挣挫不得。欲思要走，莫能逃脱。即使变化法遁法，又往来难行；变大些儿，他就放松了挝住；变小些儿，他又揝紧了挝住。复拿了径回城内，放了手，捽下尘埃。吩咐群妖，也照八戒、沙僧捆在一处。那老魔、二魔俱下来迎接。三个魔头，同上宝殿。噫！这一番倒不是捆住行者，分明是与他送行。

此时有二更时候，众怪一齐相见毕，把唐僧推下殿来。那长老于灯光前，忽见三个徒弟都捆在地下，老师父伏于行者身边，哭道：『徒弟啊！常时逢难，你却在外运用神通，到那里取救降魔；今番你亦遭擒，我贫僧怎么得命！』八戒、沙僧听见师父这般苦楚，便也一齐放声痛哭。行者微微笑道：『师父放心，兄弟莫哭；凭他怎的，决然无伤。等那老魔安静了，我们走路。』八戒道：『哥啊，又来捣鬼了！麻绳捆住，松些儿还着水喷，想你这瘦人儿不觉，我这胖的遭瘟哩！不信，你看两膊上。入肉已有二寸，如何脱身？』行者笑道：『莫说是麻绳捆的，就是碗粗的棕缆，只也当秋风过耳，何足罕哉！』

师徒们正说处，只闻得那老魔道：『三贤弟有力量，有智谋，果成妙计，拿将唐僧来了！』叫：『小的们，着五个打水，七个刷锅，十个烧火，二十个抬出铁笼来，把那四个和尚蒸熟，我兄弟们受用，各散一块儿与小的们吃，也教他个个长生。』八戒听见，战兢兢的道：『哥哥，你听。那妖精计较要蒸我们吃哩！』行者道：『不要怕，等我看他是雏儿妖精，是把势妖精。』沙和尚哭道：『哥呀！且不要说宽话，如今已与阎王隔壁哩，且讲甚么「雏儿」、「把势」。』说不了，又听得二怪说：『猪八戒不好蒸。』八戒欢喜道：『阿弥陀佛，是那个积阴骘的，说我不好蒸？』三怪道：『不好蒸，剥了皮蒸。』八戒慌了，厉声喊道：『不要剥皮！粗自粗，汤响就烂了！』老怪道：『不好蒸的，安在底下一格。』行者笑道：『八戒莫怕，是「雏儿」，不是「把势」。』沙僧道：『怎么认得？』行者道：『大凡蒸东西，都从上边起。不好蒸的，安在上头一格，多烧把火，圆了气，就好了；若安在底下，一住了气，就烧半年也是不得气上的。他说八戒不好蒸，安在底下，不是雏儿是甚的！』八戒道：『哥啊，依你说，就活活的弄杀人了！他打紧见不上气，抬开了，把我翻转过来，再烧起火，弄得我两边俱熟，中间不夹生了？』

正讲时，又见小妖来报：『汤滚了。』老怪传令叫抬。众妖一齐上手，将八戒抬在底下一格，沙僧抬在二格。行者估着来抬他，他就脱身道：『此灯光前好做手脚！』拔下一根毫毛，吹口仙气，叫声：『变！』即变做一个行者，捆了魔绳；将真身出神，跳在半空里，低头看着。那群妖那知真假，见人就抬。把个『假行者』抬在上三格；才将唐僧揪翻倒捆住，抬上第四格。干柴架起，烈火气焰腾腾。大圣在云端里嗟叹道：『我那八戒、沙僧，还捱得两滚；我那师父，只消一滚就烂。若不用法救他，顷刻丧矣！』

好行者，在空中捻着诀，念一声『唵蓝净法界，乾元亨利贞』的咒语，拘唤得北海龙王早至。只见那云端里一朵乌云，应声高叫道：『北海小龙敖顺叩头。』行者道：『请起！请起！无事不敢相烦，今与唐师父到此，被毒魔拿住，上铁笼蒸哩。你去与我护持护持，莫教蒸坏了。』龙王随即将身变作一阵冷风，吹入锅下，盘旋围护，更没火气烧锅，他三人方不损命。

将有三更尽时，只闻得老魔发放道：『手下的，我等用计劳形，拿了唐僧四众，又因相送辛苦，四昼夜未曾得睡。今已捆在笼里，料应难脱，汝等用心看守，着十个小妖轮流烧火，让我们退宫，略略安寝。到五更天色将明，必然烂了，可安排下蒜泥盐醋，请我们起来，空心受用。』众妖各各遵命。三个魔头，却各转寝宫而去。

行者在云端里，明明听着这等吩咐，却低下云头，不听见笼里人声。他想着：『火气上腾，必然也热，他们怎么不怕，又无言语？哼啧！莫敢是蒸死了？等我近前再听。』

好大圣，踏着云，摇身一变，变作一个黑苍蝇儿，钉在铁笼格外听时，只闻得八戒在里面道：『晦气，晦气！不知是闷气蒸，又不知是出气蒸哩。』沙僧道：『二哥，怎么叫做「闷气」、「出气」？』八戒道：『「闷气蒸」是盖了笼头，「出气蒸」不盖。』三藏在浮上一层应声道：『徒弟，不曾盖。』八戒道：『造化！今夜还不得死！这是出气蒸了。』行者听得他三人都说话，未曾伤命，便就飞了去，把个铁笼盖，轻轻儿盖上。三藏慌了道：『徒弟，盖上了！』八戒道：『罢了！这个是闷气蒸，今夜必是死了！』沙僧与长老嘤嘤的啼哭。八戒道：『且不要哭，这一会烧火的换了班了。』沙僧道：『你怎么知道？』八戒道：『早先抬上来时，正合我意；我有些儿寒湿气的病，要他腾腾。这会子反冷气上来了。咦！烧火的长官，添上些柴便怎的？要了你的哩！』

行者听见，忍不住暗笑道：『这个夯货！冷还好捱，若热就要伤命。再说两遭，一定走了风了，快早救他。且住！要救他须是要现本相。假如现了，这十个烧火的看见，一齐乱喊，惊动老怪，却不又费事？等我先送他个法儿。』忽想起：『我当初做大圣时，曾在北天门与护国天王猜枚耍子，赢得他瞌睡虫儿，还有几个，送了他罢。』即往腰间顺带里摸摸，还有十二个。送他十个，还留两个做种。』即将虫儿抛了去，散在十个小妖脸上，钻入鼻孔，渐渐打盹，都睡倒了。只有一个拿火叉的，睡不稳，揉头搓脸，把鼻子左捏右捏，不住的打喷嚏。行者道：『这厮晓得勾当了，我再与他个「双掭灯」。』又将一个虫儿抛在他脸上。『两个虫儿，左进右出，右出左进，谅有一个安住。』那小妖两三个大呵欠，把腰伸一伸，丢了火叉，也扑的睡倒，再不翻身。

行者道：『这法儿真是妙而且灵！』即现原身，走近前，叫声：『师父。』唐僧听见道：『悟空，救我啊！』沙僧道：『哥哥，你在外面叫哩？』行者道：『我不在外面，好和你们在里边受罪？』八戒道：『哥啊，溜撒的溜了，我们都是顶缸的，在此受闷气哩！』行者笑道：『呆子莫嚷，我来救你。』八戒道：『哥啊，救便要脱根救，莫又要复笼蒸。』行者却揭开笼头，解了师父，将假变的毫毛，抖了一抖，收上身来；又一层层放了沙僧，放了八戒。那呆子才解了，巴不得就要跑。行者道：『莫忙！莫忙！』却又念声咒语，发放了龙神，才对八戒道：『我们这去到西天，还有高山峻岭。师父没脚力难行，等我还将马来。』

你看他轻手轻脚，走到金銮殿下，见那些大小群妖俱睡熟了。却解了缰绳，更不惊动。那马原是龙马，若是生人，飞踢两脚，便嘶几声。行者曾养过马，授弼马温之官，又是自家一伙，所以不跳不叫。悄悄的牵来，束紧了肚带，扣备停当，请师父上马。长老战兢兢的骑上，也就要走。行者道：『也且莫忙。我们西去还有国王，须要关文，方才去得；不然，将甚执照？等我还去寻行李来。』唐僧道：『我记得进门时，众怪将行李放在金殿左手下，担儿也在那一边。』行者道：『我晓得了。』即抽身跳在宝殿寻时，忽见光彩飘摇。行者知是行李，怎么就知？以唐僧的锦襕袈裟上有夜明珠，故此放光。——急到前，见担儿原封未动，连忙拿下去，付与沙僧挑着。

八戒牵着马，他引了路，径奔正阳门。只听得梆铃乱响，门上有锁，锁上贴了封皮。行者道：『这等防守，如何去得？』八戒道：『后门里去吧。』行者引路，径奔后门：『后宰门外，也有梆铃之声，门上也有封锁，却怎生是好？我这一番，若不为唐僧是个凡体，我三人不管怎的，也驾云弄风走了。只为唐僧未超三界外，见在五行中，一身都是父母浊骨，所以不得升驾，难逃。』八戒道：『哥哥，不消商量，我们到那没梆铃，不防卫处，撮着师父爬过墙去罢。』行者笑道：『这个不好，此时无奈，撮他过去，到取经回来，你这呆子口敞，延地里就对人说：我们是爬墙头的和尚了。』八戒道：『此时也顾不得行检，且逃命去罢。』行者也没奈何，只得依他。到那净墙边，算计爬出。

噫！有这般事！也是三藏灾星未脱。那三个魔头，在宫中正睡，忽然惊觉，说走了唐僧，一个个披衣忙起，急登宝殿。问曰：『唐僧蒸了几滚了？』那些烧火的小妖已是有睡魔虫，都睡着了，就是打也莫想打得一个醒来。其余没执事的，惊醒几个，冒冒失失的答应道：『七——七——七——七滚了！』急跑近锅边，只见笼格子乱丢在地下，烧火的还都睡着，慌得又来报道：『大王，走——走——走——走了！』三个魔头都下殿，近锅前仔细看时，果见那笼格子乱丢在地下，汤锅尽冷，火脚俱无。那烧火的俱呼呼鼾睡如泥。慌得众怪一齐呐喊，都叫：『快拿唐僧，快拿唐僧！』

这一片喊声振起，把些前前后后，大大小小妖精，都惊起来。刀枪簇拥，至正阳门下，见那封锁不动，梆铃不绝，问外边巡夜的道：『唐僧从那里走了？』俱道：『不曾走出人来。』急赶至后宰门，封锁梆铃，一如前门；复乱抢抢的，灯笼火把，熯天通红，就如白日，却明明的照见他四众爬墙哩！老魔赶近，喝声：『那里走！』那长老唬得脚软筋麻，跌下墙来，被老魔拿住。二魔捉了沙僧，三魔擒倒八戒，众妖抢了行李、白马，只是走了行者。那八戒口里嘓嘓哝哝的报怨行者道：『天杀的！我说要救便脱根救，如今却又笼蒸了！』

众魔把唐僧擒至殿上，却不蒸了。二怪吩咐把八戒绑在殿前檐柱上，三怪吩咐把沙僧绑在殿后檐柱上；惟老魔把唐僧抱住不放。三怪道：『大哥，你抱住他怎的？终不然就活吃？却也没些趣味。此物比不得那愚夫俗子，拿了可以当饭；此是上邦稀奇之物，必须待天阴闲暇之时，拿他出来，整制精洁，猜枚行令，细吹细打的吃方可。』老魔笑道：『贤弟之言虽当，但孙行者又要来偷哩。』三魔道：『我这皇宫里面有一座锦香亭子，亭子内有一个铁柜。依着我，把唐僧藏在柜里，关了亭子，却传出谣言，说唐僧已被我们夹生吃了。令小妖满城讲说；那行者必然来探听消息，若听见这话，他必死心塌地而去。待三五日不来搅扰，却拿出来，慢慢受用，如何？』老怪、二怪俱大喜道：『是，是，是！兄弟说得有理！』可怜把个唐僧连夜拿将进去，藏在柜中，闭了亭子。传出谣言，满城里都乱讲不题。

却说行者自夜半顾不得唐僧，驾云走脱。径至狮驼洞里，一路棍，把那万数小妖，尽情剿绝。急回来，东方日出。到城边，不敢叫战，正是『单丝不线，孤掌难鸣。』他落下云头，摇身一变，变作个小妖儿，演入门里，大街小

一體拜真如

一体拜真如

这魔头不识起倒，真个举刀上前乱砍。却被文殊、普贤，念动真言，喝道：『这孽畜还不皈正，更待怎生！』唬得老怪、二怪，不敢撑持，丢了兵器，打个滚，现了本相。二菩萨将莲花台抛在那怪的脊背上，飞身跨坐，二怪遂泯耳皈依。

巷，缉访消息。满城里俱道：『唐僧被大王夹生儿连夜吃了。』前前后后，都是这等说。行者着实心焦，行至金銮殿前观看，那里边有许多精灵，都戴着皮金帽子，穿着黄布直身，手拿着红漆棍，腰挂着象牙牌，一往一来，不住的乱走。行者暗想道：『此必是穿宫的妖怪。就变做这个模样，进去打听打听。』

好大圣，果然变得一般无二，混入金门。正走处，只见八戒绑在殿前柱上哼哩。行者近前，叫声：『悟能。』那呆子认得声音，道：『师兄，你来了？救我一救！』行者道：『我救你。你可知师父在那里？』八戒道：『师父没了。昨夜被妖精夹生儿吃了。』行者闻言，忽失声泪似泉涌。八戒道：『哥哥莫哭；我也是听得小妖乱讲，未曾眼见。你休误了，再去寻问寻问。』这行者却才收泪，又往里面找寻。忽见沙僧绑在后檐柱上，即近前摸着他胸脯子叫道：『悟净。』沙僧也识得声音，道：『师兄，你变化进来了？救我，救我！』行者道：『救你容易。你可知师父在那里？』沙僧滴泪道：『哥啊！师父被妖精等不得蒸，就夹生儿吃了！』

大圣听得两个言语相同，心如刀搅，泪似水流，急纵身望空跳起，且不救八戒、沙僧，回至城东山上，按落云头，放声大哭。叫道：『师父啊！

恨我欺天困网罗，师来救我脱沉疴。
潜心笃志同参佛，努力修身共炼魔。
岂料今朝遭蜇害，不能保你上婆娑。
西方胜境无缘到，气散魂消怎奈何！』

行者凄凄惨惨的，自思自忖，以心问心道：『这都是我佛如来坐在那极乐之境，没得事干，弄了那三藏之经！若果有心劝善，理当送上东土，却不是个万古流传？只是舍不得送去，却教我等来取。怎知道苦历千山，今朝到此丧命！罢，罢，罢！老孙且驾个筋斗云，去见如来，备言前事。若肯把经与我送上东土，一则传扬善果，二则了我等心愿；若不肯与我，教他把松箍儿咒念念，退下这个箍子，交还与他，老孙还归本洞，称王道寡，耍子儿去吧。』

好大圣，急翻身驾起筋斗云，径投天竺。那里消一个时辰，早望见灵山不远。须臾间，按落云头，直至鹫峰之下。急抬头，见四大金刚挡住道：『那里走？』行者施礼道：『有事要见如来。』当头又有昆仑山金霞岭不坏尊王永住金刚喝道：『这泼猴甚是粗狂！前者大困牛魔，我等为汝努力，今日面见，全不为礼！有事且待先奏，奉召方行。这里比南天门不同，教你进去出来，两边乱走！咄，还不靠开！』那大圣正是烦恼处，又遭此抢白，气得哮吼如雷，忍不住大呼小叫，早惊动如来。

如来佛祖正端坐在九品宝莲台上，与十八尊轮世的阿罗汉讲经，即开口道：『孙悟空来了，汝等出去接待接待。』大众阿罗，遵佛旨，两路幢幡宝盖，即出山门应声道：『孙大圣，如来有旨相唤哩。』那山门口四大金刚却才闪开路，让行者前进。

众阿罗引至宝莲台下，见如来倒身下拜，两泪悲啼。如来道：『悟空，有何事这等悲啼？』行者道：『弟子屡蒙教训之恩，托庇在佛爷爷之门下，自归正果，保护唐僧，拜为师范，一路上苦不可言！今至狮驼山狮驼洞狮驼城，有三个毒魔，乃狮王、象王、大鹏，把我师父捉将去，连弟子一概遭迍，都捆在蒸笼里，受汤火之灾。幸弟子脱逃，唤龙王救免。是夜偷出师等，不料灾星难脱，复又擒回。乃至天明，入城打听，叵耐那魔十分狠毒，万样骁勇：把师父连夜夹生吃了，如今骨肉无存。又况师弟悟能、悟净，见绑在那厢，不久性命亦皆倾矣。弟子没及奈何，特地到此参拜如来。望大慈悲，将松箍咒儿念念，退下我这头上箍儿，交还如来，放我弟子回花果山宽闲耍子去吧！』说未了，泪如泉涌，悲声不绝。如来笑道：『悟空少得烦恼。那妖精神通广大，你胜不得他，所以这等心痛。』行者跪在下面，捶着胸膛道：『不瞒如来说，弟子当年闹天宫，称大圣，自为人以来，不曾吃亏，今番却遭这毒魔之手！』

如来闻言道：『你且休恨。那妖精我认得他。』行者猛然失声道：『如来！我听见人讲说，那妖精与你有亲哩。』如来道：『这个刁猢狲！怎么个妖精与我有亲？』行者笑道：『不与你有亲，如何认得？』如来道：『我慧眼观之，故此认得。那老怪与二怪有主。』叫：『阿傩、迦叶，来！你两个分头驾云，去五台山、蛾眉山宣文殊、普贤来见。』二尊者即奉旨而去。

如来道：『这是老魔、二怪之主。但那三怪，说将起来，也是与我有些亲处。』行者道：『亲是父党？母党？』如来道：『自那混沌分时，天开于子，地辟于丑，人生于寅，天地再交合，万物尽皆生。万物有走兽飞禽。走兽以麒麟为之长，飞禽以凤凰为之长。那凤凰又得交合之气，育生孔雀、大鹏。孔雀出世之时，最恶，能吃人，四十五里路，把人一口吸之。我在雪山顶上，修成丈六金身，早被他也把我吸下肚去。我欲从他便门而出，恐污真身，是我剖开他脊背，跨上灵山。欲伤他命，当被诸佛劝解：伤孔雀如伤我母。故此留他在灵山会上，封他做佛母孔雀大明王菩萨。大鹏与他是一母所生，故此有些亲处。』行者闻言笑道：『如来，若这般比论，你还是妖精的外甥哩。』如来道：『那怪须是我去，方可收得。』行者叩头，启上如来：『千万望挪玉一降！』

如来即下莲台，同诸佛众，径出山门。又见阿傩、迦叶，引文殊、普贤来见。二菩萨对佛礼拜。如来道：『菩萨之兽，下山多少时了？』文殊道：『七日了。』如来道：『山中方七日，世上几千年。不知在那厢伤了多少生灵，快随我收他去。』二菩萨相随左右，同众飞空。只见那：

满天缥缈瑞云分，我佛慈悲降法门。
明示开天生物理，细言辟地化身文。

群魔欺本性 一体拜真如

如来笑道：『悟空少得烦恼。那妖精神通广大，你胜不得他，所以这等心痛。』行者跪在下面，捶着胸膛道：『不瞒如来说，弟子当年闹天宫，称大圣，自为人以来，不曾吃亏，今番却遭这毒魔之手！』

面前五百阿罗汉，脑后三千揭谛神。
迦叶阿傩随左右，普文菩萨殄妖氛。

大圣有此人情，请得佛祖与众前来，不多时，早望见城池。行者报道：『如来，那放黑气的乃是狮驼国也。』如来道：『你先下去，到那城中与妖精交战，许败不许胜。败上来，我自收他。』

大圣即按云头，径至城上，脚踏着垛儿骂道：『泼孽畜，快出来与老孙交战！』慌得那城楼上小妖急跳下城中报道：『大王，孙行者在城上叫战哩。』老妖道：『这猴儿两三日不来，今朝却又叫战，莫不是请了些救兵来耶？』三怪道：『怕他怎的！我们都去看来。』三个魔头，各持兵器，赶上城来；见了行者，更不打话，举兵器一齐乱刺。行者轮铁棒掣手相迎。斗经七八回合，行者佯输而走。

那妖王喊声大振，叫道：『那里走！』大圣筋斗一纵，跳上半空，三个精即驾云来赶。行者将身一闪，藏在佛爷爷金光影里，全然不见。只见那过去、未来、见在的三尊佛像与五百阿罗汉、三千揭谛神，布散左右，把那三个妖王围住，水泄不通。老魔慌了手脚，叫道：『兄弟，不好了！那猴子真是个地里鬼！那里请得个主人公来也！』三魔道：『大哥休得悚惧。我们一齐上前，使枪刀搠倒如来，夺他那雷音宝刹！』这魔头不识起倒，真个举刀上前乱砍。却被文殊、普贤，念动真言，喝道：『这孽畜还不皈正，更待怎生！』唬得老怪、二怪，不敢撑持，丢了兵器，打个滚，现了本相。二菩萨将莲花台抛在那怪的脊背上，飞身跨坐，二怪遂泯耳皈依。

二菩萨既收了青狮、白象，只有那第三个妖魔不伏。腾开翅，丢了方天戟，扶摇直上，轮利爪要刁捉猴王。原来大圣藏在光中，他怎敢近，如来情知此意，即闪金光，把那鹊巢贯顶之头，迎风一幌，变做鲜红的一块血肉。妖精轮利爪刁他一下，被佛爷把手往上一指，那妖翅膊上就了筋，飞不去，只在佛顶上，不能远遁，现了本相，乃是一个大鹏金翅雕。即开口对佛应声叫道：『如来，你怎么使大法力困住我也？』如来道：『你在此处多生孽障，跟我去，有进益之功。』妖精道：『你那里持斋把素，极贫极苦；我这里吃人肉，受用无穷；你若饿坏了我，你有罪愆。』如来道：『我管四大部洲，无数众生瞻仰，凡做好事，我教他先祭汝口。』那大鹏欲脱难脱，要走怎走，是以没奈何，只得皈依。

行者方才转出，向如来叩头道：『佛爷，你今收了妖精，除了大害，只是没了我师父也。』大鹏咬着牙恨道：『泼猴头，寻这等狠人困我！你那老和尚几曾吃他？如今在那锦香亭铁柜里不是？』行者闻言，忙叩头谢了佛祖。佛祖不敢松放了大鹏，也只教他在光焰上做个护法，引众回云，径归宝刹。

行者却按落云头，直入城里。那城里一个小妖儿也没有了。正是『蛇无头而不行，鸟无翅而不飞。』他见佛祖收了妖王，各自逃生而去。行者才解救了八戒、沙僧，寻着行李、马匹，与他二人说：『师父不曾吃。都跟我来。』引他两个径入内院，找着锦香亭，打开门看，内有一个铁柜，只听得三藏有啼哭之声。沙僧使降妖杖打开铁锁，揭开柜盖，叫声：『师父。』三藏见了，放声大哭道：『徒弟啊！怎生降得妖魔？如何得到此寻着我也？』行者把上项事，从头至尾，细陈了一遍。三藏感谢不尽。师徒们在那宫殿里寻了些米粮，安排些茶饭，饱吃一餐，收拾出城，找大路投西而去。正是：

真经必得真人取，意嚷心劳总是虚。

毕竟这一去，不知几时得面如来，且听下回分解。

比丘怜子遣阴神

这大圣出得门外，打个唿哨，起在半空，捻了诀，念动真言，叫声『唵净法界』，拘得那城隍、土地、社令、真官，并五方揭谛、四值功曹、六丁六甲与护教伽蓝等众，都到空中，对他施礼道：『大圣，夜唤吾等，有何急事？』

第七十八回　比丘怜子遣阴神　金殿识魔谈道德

一念才生动百魔，修持最苦奈他何。
但凭洗涤无尘垢，也用收拴有琢磨。
扫退万缘归寂灭，荡除千怪莫蹉跎。
管教跳出樊笼套，行满飞升上大罗。

话说孙大圣用尽心机，请如来收了众怪，解脱三藏师徒之难，离狮驼城西行。又经数月，早值冬天。但见那：

岭梅将破玉，池水渐成冰。
红叶俱飘落，青松色更新。

淡云飞欲雪，枯草伏山平。

满目寒光迥，阴阴透骨冷。

师徒们冲寒冒冷，宿雨餐风。正行间，又见一座城池。三藏问道：『悟空，那厢又是甚么所在？』行者道：『到跟前自知。若是西邸王位，须要倒换关文；若是府州县，径过。』师徒言语未毕，早至城门之外。

三藏下马，一行四众，进了月城。见一个老军，在向阳墙下，偎风而睡。行者近前，摇他一下，叫声『长官。』那老军猛然惊觉，麻麻糊糊的睁开眼，看见行者，连忙跪下磕头，叫：『爷爷！』行者道：『你休胡惊作怪。我又不是甚么恶神，你叫「爷爷」怎的！』老军磕头道：『你是雷公爷爷？』行者道：『胡说！吾乃东土去西天取经的僧人。适才到此，不知地名，问你一声的。』那老军闻言，却才正了心，打个呵欠，爬起来，伸伸腰道：『长老，长老，恕小人之罪。此处地方，原唤比丘国，今改作小子城。』行者道：『国中有帝王否？』老军道：『有，有，有。』

行者却转身对唐僧道：『师父，此处原是比丘国，今改小子城。但不知改名之意何故也。』唐僧疑惑道：『既云比丘，又何云小子？……』八戒道：『想是比丘王崩了，新立王位的是个小子，故名小子城。』唐僧道：『无此理，无此理！我们且进去，到街坊上再问。』沙僧道：『正是。那老军一则不知，二则被大哥唬得胡说。且入城去询问。』

又入三层门里，到通衢大市观看，倒也衣冠济楚，人物清秀。但见那

酒楼歌馆语声喧，彩铺茶房高挂帘。

万户千门生意好，六街三市广财源。

买金贩锦人如蚁，夺利争名只为钱。
礼貌庄严风景盛，河清海晏太平年。

师徒四众牵着马，挑着担，在街市上行够多时，看不尽繁华气概。但只见家家门口一个鹅笼。三藏道：『徒弟啊，此处人家，都将鹅笼放在门首，何也？』八戒听说，左右观之，果是鹅笼，排列五色彩缎遮幔。呆子笑道：『师父，今日想是黄道良辰，宜结婚姻会友。都行礼哩。』行者道：『胡谈！那里就家家都行礼！其间必有缘故。等我上前看看。』三藏扯住道：『你莫去。你嘴脸丑陋，怕人怪你。』行者道：『我变化个儿去来。』

好大圣，捻着诀，念声咒语，摇身一变，变作一个蜜蜂儿，展开翅，飞近边前，钻出幔里观看。原来里面坐的是个小孩儿。再去第二家笼里看，也是个小孩儿。连看八九家，都是个小孩儿。却是男身，更无女子。有的坐在笼中顽耍，有的坐在里边啼哭；有的吃果子，有的或睡坐。行者看罢，现原身，回报唐僧道：『那笼里是些小孩子，大者不满七岁，小者只有五岁，不知何故。』三藏见说，疑思不定。

忽转街见一衙门，乃金亭馆驿。长老喜道：『徒弟，我们且进这驿里去。一则问他地方，二则撒和马匹，三则天晚投宿。』沙僧道：『正是，正是，快进去耶。』四众欣然而入。只见那在官人果报与驿丞。接入门，各各相见。叙坐定，驿丞问：『长老自何方来？』三藏言：『贫僧东土大唐差往西天取经者。今到贵处，有关文理当照验，权借高衙一歇。』驿丞即命看茶。茶毕，即办支应，命当直的安排管待。三藏称谢。又问：『今日可得入朝见驾，照验关文？』驿丞道：『今晚不能，须待明日早朝。今晚且于敝衙门宽住一宵。』少顷，安排停当，驿丞即请四众，同吃了斋供。又教手下人打扫客房安歇。三藏感谢不尽。

既坐下，长老道：『贫僧有一件不明之事请教，烦为指示。贵处养孩儿，不知怎生看待。』驿丞道：『「天无二日，人无二理。』养育孩童，父精母血，怀胎十月，待时而生；生下乳哺三年，渐成体相。岂有不知之理！』三藏道：『据尊言与敝邦无异；但贫僧进城时，见街坊人家，各设一鹅笼，都藏小儿在内。此事不明，故敢动问。』驿丞附耳低言道：『长老莫管他，莫问他，也莫理他、说他。请安置，明早走路。』长老闻言，一把扯住驿丞，定要问个明白。驿丞摇头摇指，只叫：『谨言！』三藏一发不放，执死定要问个详细。驿丞无奈，只得屏去一应在官人等。独在灯光之下，悄悄而言道：『适所问鹅笼之事，乃是当今国主无道之事。你只管问他怎的！』三藏道：『何为无道？必见教明白，我方得放心。』

驿丞道：『此国原是比丘国，近有民谣，改作小子城。三年前，有一老人，打扮做道人模样，携一小女子，年方一十六岁。其女形容娇俊，貌若观音。进贡与当今；陛下爱其色美，宠幸在宫，号为美后。近来把三宫娘娘，六院妃子，全无正眼相觑，不分昼夜，贪欢不已。如今弄得精神瘦倦，身体尪羸，饮食少进，命在须臾。太医院检尽良方，不能疗治。那进女子的道人，受我主诰封，称为国丈。国丈有海外秘方，甚能延寿。前者去十洲、三岛，采将药来，俱已完备。但只是药引子利害；单用着一千一百一十一个小儿的心肝，煎汤服药。服后有千年不老之功。这些鹅笼里的小儿，俱是选就的，养在里面。人家父母，惧怕王法，俱不敢啼哭，遂传播谣言，叫做小儿城。此非无道而何？长老明早到朝，只去倒换关文，不得言及此事。』言毕，抽身而退。

唬得个长老骨软筋麻，止不住腮边泪堕；忽失声叫道：『昏君，昏君！为你贪欢爱美，弄出病来，怎么屈伤这许多小儿性命！苦哉！苦哉！痛杀我也！』有诗为证，诗曰：

邪主无知失正真，贪欢不省暗伤身。
因求永寿戕童命，为解天灾杀小民。

僧发慈悲难割舍，官言利害不堪闻。
灯前洒泪长吁叹，痛倒参禅向佛人。

八戒近前道：『师父，你是怎的起哩？「专把别人棺材抬在自家里哭」！不要烦恼！常言道：「君教臣死，臣不死不忠；父教子亡，子不亡不孝。」他伤的是他的子民，与你何干！且来宽衣服睡觉，「莫替古人耽忧」。』三藏滴泪道：『徒弟啊，你是一个不慈悯的！我出家人，积功累行，第一要行方便。怎么这昏君一味胡行！从来也不见吃人心肝，可以延寿。这都是无道之事，教我怎不伤悲！』沙僧道：『师父且莫伤悲。等明早倒换关文，觌面与国王讲过。如若不从，看他是怎么模样的一个国丈。或恐那国丈是个妖精，欲吃人的心肝，故设此法，未可知也。』

行者道：『悟净说得有理。师父，你且睡觉，明日等老孙同你进朝，看国丈的好歹。如若是人，只恐他走了傍门，不知正道，徒以采药为真，待老孙将先天之要旨，化他皈正；若是妖邪，我把他拿住，与这国王看看，教他宽欲养身，断不教他伤了那些孩童性命。』三藏闻言，急躬身，反对行者施礼道：『徒弟啊，此论极妙，极妙！但只是见了昏君，不可便问此事，恐那昏君不分远近，并作谣言见罪，却怎生区处！』行者笑道：『老孙自有法力。如今先将鹅笼小儿摄离此城，教他明日无物取心。地方官自然奏表。那昏君必有旨意，或与国丈商量，或者另行选报。那时节，借此举奏，决不致罪坐于我也。』三藏甚喜。又道：『如今怎得小儿离城？若果能脱得，真贤徒天大之德！可速为之，略迟缓些，恐无及也。』行者抖擞神威，即起身，吩咐八戒、沙僧：『同师父坐着，等我施为，你看但有阴风刮动，就是小儿出城了。』他三人一齐俱念：『南无救生药师佛！南无救生药师佛！』

这大圣出得门外，打个唿哨，起在半空，捻了诀，念动真言，叫声『唵净法界』，拘得那城隍、土地、社令、真官，并五方揭谛、四值功曹、六丁六甲与护教伽蓝等众，都到空中，对他施礼道：『大圣，夜唤吾等，有何急事？』

行者道：『今因路过比丘国，那国王无道，听信妖邪，要取小儿心肝做药引子，指望长生。我师父十分不忍，欲要救生灭怪，故老孙特请列位，各使神通，与我把这城中各街坊人家鹅笼里的小儿，连笼都摄出城外山凹中，或树林深处，收藏一二日，与他些果子食用，不得饿损；再暗的护持，不得使他惊恐啼哭。待我除了邪，治了国，劝正君王，临行时，送来还我。』

众神听令，即便各使神通，按下云头。满城中：

阴风滚滚，惨雾漫漫：阴云刮暗一天星，惨雾遮昏千里月。起初时，还荡荡悠悠；次后来，就轰轰烈烈。悠悠荡荡，各寻门户救孩童；烈烈轰轰，都看鹅笼援骨血。冷气侵人怎出头，寒威透体衣如铁。父母徒张皇，兄嫂皆悲切。满地卷阴风，笼儿被神摄。此夜纵孤恓，天明尽欢悦。

有诗为证，诗曰：

释门慈悯古来多，正善成功说摩诃。
万圣千真皆积德，三皈五戒要从和。
比丘一国非君乱，小子千名是命讹。
行者因师同救护，这场阴骘胜波罗。

当夜有三更时分，众神祇把鹅笼摄去各处安藏。

行者按下祥光，径至驿庭上。只听得他三人还念『南无救生药师佛』哩。他也心中暗喜。近前叫：『师父，我来也。阴风之起何如？』八戒道：『好阴风！』三藏道：『救儿之事，却怎么说？』行者道：『已一一救他出去，待我们起身时送还。』长老谢了又谢，方才就寝。

至天晓，三藏醒来，遂结束齐备道：『悟空，我趁早朝，倒换关文去也。』行者道：『师父，你自家去，恐不济事，待老孙和你同去，看那国丈邪正如何。』三藏道：『你去却不肯行礼，恐国王见怪。』行者道：『我不现身，暗中跟随你，就当保护。』三藏甚喜，吩咐八戒、沙僧看守行李、马匹。却才举步，这驿丞又来相见。看这长老打扮起来，比昨日又甚不同。但见他：

身上穿一领锦襕异宝佛袈裟，头戴金顶毗卢帽。九环锡杖手中拿，胸藏一点神光妙。通关文牒紧随身，包裹袋中缠锦套。行似阿罗降世间，诚如活佛真容貌。

那驿丞相见礼毕，附耳低言，只教莫管闲事。三藏点头应声。大圣闪在门旁，念个咒语，摇身一变，变做个蟭蟟虫儿，『嘤』的一声，飞在三藏帽儿上。出了馆驿，径奔朝中。

比丘怜子遣阴神
金殿识魔谈道德

及到朝门外，见有黄门官，即施礼道：『贫僧乃东土大唐差往西天取经者。今到贵地，理当倒换关文。意欲见驾，伏乞转奏转奏。』那黄门官果为传奏。国王喜道：『远来之僧，必有道行。』教请进来。黄门官复奉旨，将长老请入。

及到朝门外，见有黄门官，即施礼道：『贫僧乃东土大唐差往西天取经者。今到贵地，理当倒换关文。意欲见驾，伏乞转奏转奏。』那黄门官果为传奏。国王喜道：『远来之僧，必有道行。』教请进来。黄门官复奉旨，将长老请入。

长老阶下朝见毕，复请上殿赐坐。长老又谢恩坐了。只见那国王相貌尫羸，精神倦怠：举手处，揖让差池；开言时，声音断续。长老将文牒献上，那国王眼目昏朦，看了又看，方才取宝印用了花押，递与长老。长老收讫。

那国王正要问取经原因，只听得当驾官奏道：『国丈爷爷来矣。』那国王即扶着近侍小宦，挣下龙床，躬身迎接。慌得那长老急起身，侧立于旁。回头观看，原来是一个老道者，自玉阶前，摇摇摆摆而进。但见他：

头上戴一顶淡鹅黄九锡云锦纱巾，身上穿一领筋顶梅沉香绵丝鹤氅。腰间系一条纫蓝三股攒绒带，足下踏一对麻经葛纬云头履。手中拄一根九节枯藤盘龙拐杖，胸前挂一个描龙刺凤团花锦囊。玉面多光润，苍髯颔下飘。金睛飞火焰，长目过眉梢。行动云随步，逍遥香雾饶。阶下众官都拱接，齐呼国丈进王朝。

那国丈到宝殿前，更不行礼，昂昂烈烈，径到殿上。国王欠身道：『国丈仙踪，今喜早降。』就请左手绣墩上坐。三藏起一步，躬身施礼道：『国丈大人，贫僧问讯了。』那国丈端然高坐，亦不回礼。转面向国王道：『僧家何来？』国王道：『东土唐朝差上西天取经者。今来倒验关文。』国丈笑道：『西方之路，黑漫漫有甚好处！』三藏道：『自古西方乃极乐之胜境，如何不好？』那国王问道：『朕闻上古有云：「僧是佛家弟子。」端的不知为僧可能不死，向佛可能长生？』三藏闻言，急合掌应道：

『为僧者，万缘都罢；了性者，诸法皆空。大智闲闲，澹泊在不生之内；真机默默，逍遥于寂灭之中。三界空而百端治，六根净而千种穷。若乃坚诚知觉，须当识心：心净则孤明独照，心存则万境皆清。真容无欠亦无余，生前可见；幻相有形终有坏，分外何求？行功打坐，乃为入定之原；布惠施恩，诚是修行之本。大巧若拙，还知事事无为；善计非筹，必须头头放下。但使一心不动，万行自全；若云采阴补阳，诚为谬语，服饵长寿，实乃虚词。只要尘尘缘总弃，物物色皆空。素素纯纯寡爱欲，自然享寿永无穷。』

那国丈闻言，付之一笑。用手指定唐僧道：『呵，呵，呵！你这和尚满口胡柴！寂灭门中，须云认性；你不知那性从何而灭！枯坐参禅，尽是些盲修瞎炼。俗语云：「坐，坐，坐！你的屁股破。火熬煎，反成祸。」更不知我这：

修仙者，骨之坚秀；达道者，神之最灵。携箪瓢而入山访友，采百药而临世济人。摘仙花以砌笠，折香蕙以铺裀。歌之鼓掌，舞罢眠云。阐道法，扬太上之正教；施符水，除人世之妖氛。夺天地之秀气，采日月之华精。运阴阳而丹结，按水火而胎凝。二八阴消兮，若恍若惚；三九阳长兮，如杳如冥。应四时而采取药物，养九转而修炼丹成。跨青鸾，升紫府；骑白鹤，上瑶京。参满天之华采，表妙道之殷勤。比你那静禅释教，寂灭阴神，涅槃遗臭壳，又不脱丹尘。三教之中无上品，古来惟道独称尊！』

那国王听说，十分欢喜。满朝官都喝采道：『好个「惟道独称尊」，「惟道独称尊」！』长老见人都赞他，不胜羞愧。国王又叫光禄寺安排素斋，待那远来之僧出城西去。

三藏谢恩而退。才下殿，往外正走，行者飞下帽顶儿，来在耳边叫道：『师父，这国丈是个妖邪。国王受了妖气。你先去驿中等斋，待老孙在这里听他消息。』三藏知会了，独出朝门不题。

看那行者，一翅飞在金銮殿翡翠屏中钉下，只见那班部中闪出五城兵马官，奏道：『我主，今夜一阵冷风，将各坊各家鹅笼里小儿，连笼都刮去了，更无踪迹。』国王闻奏，又惊又恼，对国丈道：『此事乃天灭朕也！连月病重，御医无效。幸国丈赐仙方，专待今日午时开刀，取此小儿心肝作引，何期被冷风刮去。非天欲灭朕而何？』国丈笑道：『陛下且休烦恼。此儿刮去，正是天送长生与陛下也。』国王道：『见把笼中之儿刮去，何以返说天送长生？』国丈道：『我才入朝来，见了一个绝妙的药引，强似那一千一百一十一个小儿之心。那小儿之心，只延得陛下千年之寿；此引子，吃了我的仙药，就可延万万年也。』国王漠然不知是何药引，请问再三，国丈才说：『那东土差去取经的和尚，我观他器宇清净，容颜齐整，乃是个十世修行的真体，自幼为僧，元阳未泄。比那小儿更强万倍。若得他的心肝煎汤，服我的仙药，足保万年之寿。』

那昏君闻言，十分听信。对国丈道：『何不早说？若果如此有效，适才留住，不放他去了。』国丈道：『此何难哉！适才吩咐光禄寺办斋待他，他必吃了斋，方才出城。如今急传旨，将各门紧闭；点兵围了金亭馆驿，将那和尚拿来，必以礼求其心。如果相从，即时剖而取出，遂御葬其尸，还与他立庙享祭；如若不从，就与他个武不善作，即时捆住，剖开取之。有何难事？』那昏君如其言，即传旨，把各门闭了。又差羽林卫大小官军，围住馆驿。

行者听得这个消息，一翅飞奔馆驿，现了本相，对唐僧道：『师父，祸事了，祸事了！』那三藏才与八戒、沙僧领御斋，忽闻此言，唬得三尸神散，七窍烟生，倒在尘埃，浑身是汗，眼不定睛，口不能言。慌得沙僧上前搀住，只叫：『师父苏醒，师父苏醒！』八戒道：『有甚祸事，有甚祸事？你慢些儿说便也罢，却唬得师父如此！』行者道：『自师父出朝，老孙回视，那国丈是个妖精。少顷，有五城兵马来奏冷风刮去小儿之事。国王方恼，他却转教喜欢，道：「这是天送长生与你。」要取师父的心肝做药引，可延万年之寿。那昏君听信诬言，所以点精兵来围馆驿，差锦衣官来请师父求心也。』八戒笑道：『行的好慈悯，救的好小儿，刮的好阴风！今番却撞出祸来了！』

三藏战兢兢的，爬起来，扯着行者，哀告道：『贤徒啊！此事如何是好？』行者道：『若要好，大做小。』沙僧道：『怎么叫做「大做小」？』行者道：『若要全命，师作徒，徒作师，方可保全。』三藏道：『你若救得我命，情

愿与你做徒子、徒孙也。』行者道：『既如此，不必迟疑。』教：『八戒，快和些泥来。』那呆子即使钉钯，筑了些土。又不敢外面去取水，后就掳起衣服撒溺，和了一团臊泥，递与行者。行者没奈何，将泥扑作一片，往自家脸上一安，做下个猴象的脸子，叫唐僧站起休动，再莫言语，贴在唐僧脸上，念动真言，吹口仙气，叫：『变！』那长老即变做个行者模样；脱了他的衣服，以行者的衣服穿上。行者却将师父的衣服穿了，捻着诀，念个咒语，摇身变作唐僧的嘴脸。八戒、沙僧也难识认。

正当合心装扮停当，只听得锣鼓齐鸣，又见那枪刀簇拥。原来是羽林卫官，领三千兵把馆驿围了。又见一个锦衣官走进驿庭问道：『东土唐朝长老在那里？』慌得那驿丞战兢兢的跪下，指道：『在下面客房里。』锦衣官即至客房里道：『唐长老，我王有请。』八戒、沙僧，左右护持『假行者』。只见『假唐僧』出门施礼道：『锦衣大人，陛下召贫僧，有何话说？』锦衣官上前一把扯住道：『我与你进朝去。想必有取用也。』咦！这正是：

妖诬胜慈善，慈善反招凶。

毕竟不知此去端的性命何如，且听下回分解。

寻洞擒妖逢老寿

正当喊杀之际，又闻得鸾鹤声鸣，祥光缥缈。举目视之，乃南极老人星也。那老人把寒光罩住。叫道：『大圣慢来，天蓬休赶。老道在此施礼哩。』行者即答礼道：『寿星兄弟，那里来？』八戒笑道：『肉头老儿，罩住寒光，必定捉住妖怪了。』寿星陪笑道：『在这里，在这里。望二公饶他命罢。』

第七十九回　寻洞擒妖逢老寿　当朝正主救婴儿

却说那锦衣官把『假唐僧』扯出馆驿，与羽林军围围绕绕，直至朝门外，对黄门官言：『我等已请唐僧到此，烦为转奏。』黄门官急进朝，依言奏上昏君，遂请进去。

众官都在阶下跪拜，惟『假唐僧』挺立阶心，口中高叫：『比丘王，请我贫僧何说？』君王笑道：『朕得一疾，缠绵日久不愈。幸国丈赐得一方，药饵俱已完备，只少一味引子。特请长老，求些药引。若得病愈，与长老修建祠堂，四时奉祭，永为传国之香火。』『假唐僧』道：『我乃出家人，只身至此，不知陛下问国丈要甚东西作引。』昏君道：『特求长老的心肝。』『假唐僧』道：『不瞒陛下说。心便有几个儿，不知要的甚么色样。』那国丈在旁指定道：『那和尚，要你的黑心。』『假唐僧』道：『既如此，快取刀来，剖开胸腹。若有黑心，谨当奉命。』那昏君欢喜相谢，即着当驾官取一把牛耳短刀，递与假僧。

假僧接刀在手，解开衣服，忝起胸膛，将左手抹腹，右手持刀，唿喇的响一声，把腹皮剖开，那里头就骨都都的滚出一堆心来。唬得文官失色，武将身麻。国丈在殿上见了道：『这是个多心的和尚！』假僧将那些心，血淋淋的，一个个捡开与众观看，却都是些红心、白心、黄心、悭贪心、利名心、嫉妒心、计较心、好胜心、望高心、侮慢心、杀害心、狠毒心、恐怖心、谨慎心、邪妄心、无名隐暗之心、种种不善之心，更无一个黑心。那昏君唬得呆呆挣挣，口不能言，战兢兢的教：『收了去！收了去！』那『假唐僧』忍耐不住，收了法，现出本相。对昏君道：『陛下全无眼力！我和尚家都是一片好心，惟你这国丈是个黑心，好做药引。你不信，等我替你取他的出来看看。』

那国丈听见，急睁睛仔细观看。见那和尚变了面皮，不是那般模样。咦！认得当年孙大圣，五百年前旧有名。却抽身，腾云就起。被行者翻筋斗，跳在空中喝道：『那里走，吃吾一棒！』那国丈即使蟠龙拐杖来迎。他两个在半空中这场好杀：

如意棒，蟠龙拐，虚空一片云叆叆。原来国丈是妖精，故将怪女称娇色。国主贪欢病染身，妖邪要把儿童宰。相逢大圣显神通，捉怪救人将难解。铁棒当头着实凶，拐棍迎来堪喝采。杀得那满天雾气暗城池，城里人家都失色。文武多官魂魄飞，嫔妃绣女容颜改。唬得那比丘昏主乱身藏，战战兢兢没布摆。棒起犹如虎出山，拐轮却似龙离海。今番大闹比丘城，致令邪正分明白。

那妖精与行者苦战二十余合，蟠龙拐抵不住金箍棒，虚幌了一拐，将身化作一道寒光，落入皇宫内院，把进贡的妖后带出宫门，并化寒光，不知去向。

大圣按落云头，到了宫殿下。对多官道：『你们的好国丈啊！』多官一齐礼拜，感谢神僧。行者道：『且休拜，

且去看你那昏主何在。』多官道：『我主见争战时，惊恐潜藏，不知向那座宫中去也。』行者即命：『快寻，莫被美后拐去！』多官听言，不分内外，同行者先奔美后宫，漠然无踪，连美后也通不见了。正宫、东宫、西宫、六院，概众后妃，都来拜谢大圣。大圣道：『且请起，不到谢处哩。且去寻你主公。』

少时，见四五个太监，搀着那昏君自谨身殿后面而来。众臣俯伏在地，齐声启奏道：『主公！主公！感得神僧到此，辨明真假。那国丈乃是个妖邪，连美后亦不见矣。』国王闻言，即请行者出皇宫，到宝殿，拜谢了道：『长老，你早间来的模样，那般俊伟，这时如何就改了形容？』行者笑道：『不瞒陛下说。早间来者，是我师父，乃唐朝御弟三藏。我是他徒弟孙悟空。还有两个师弟：猪悟能、沙悟净，见在金亭馆驿。因知你信了妖言，要取我师父心肝做药引，是老孙变作师父模样，特来此降妖也。』那国王闻说，即传旨着阁下太宰快去驿中请师众来朝。

那三藏听见行者现了相，在空中降妖，吓得魂飞魄散。幸有八戒、沙僧护持。他又脸上戴着一片子臊泥，正闷闷不快，只听得人叫道：『法师，我等乃比丘国王差来的阁下太宰，特请入朝谢恩也。』八戒笑道：『师父，莫怕，莫怕！这不是又请你取心，想是师兄得胜，请你酬谢哩。』三藏道：『虽是得胜来请，但我这个臊脸，怎么见人？』八戒道：『没奈何，我们且去见了师兄，自有解释。』真个那长老无计，只得扶着八戒、沙僧挑着担，牵着马，同去驿庭之上。那太宰见了，害怕道：『爷爷呀！这都相似妖头怪脑之类！』沙僧道：『朝士休怪丑陋。我等乃是生成的遗体。若我师父，来见了我师兄，他就俊了。』

他三人与众来朝，不待宣召，直至殿下。行者看见，即转身下殿，迎着面，把师父的泥脸子抓下，吹口仙气，叫：『正！』那唐僧即时复了原身，精神愈觉爽利。国王下殿亲迎，口称法师老佛。师徒们将马拴住，都上殿来相见。

行者道：『陛下可知那怪来自何方？等老孙去与你一并擒来，剪除后患。』三宫六院，诸嫔群妃，都在那翡翠屏后，听见行者说剪除后患，也不避内外男女之嫌，一齐出来拜告道：『万望神僧老佛大施法力，斩草除根，把他剪除尽绝，诚为莫大之恩，自当重报！』行者忙忙答礼，只教国王说他住居。国王含羞告道：『三年前他到时，朕曾问他。他说离城不远，只在向南去七十里路，有一座柳林坡清华庄上。国丈年老无儿，止后妻生一女，年方十六，不曾配人，愿进与朕。朕因那女貌娉婷，遂纳了，宠幸在宫。不期得疾，太医屡药无功。他说我有仙方，止用小儿心煎汤为引。是朕不才，轻信其言，遂选民间小儿，选定今日午时开刀取心。不料神僧下降，恰恰又遇笼儿都不见了。他就说神僧十世修真，元阳未泄，得其心，比小儿心更加万倍。一时误犯，不知神僧识透妖魔。敢望广施大法，剪其后患，朕以倾国之资酬谢！』行者笑道：『实不相瞒。笼中小儿，是我师慈悲，着我藏了。你且休题甚么资财相谢，待我捉了妖怪，是我的功行。』叫：『八戒，跟我去来。』八戒道：『谨依兄命。但只是腹中空虚，不好着力。』国王即传旨教：『光禄寺快办斋供。』

不一时，斋到。八戒尽饱一餐，抖擞精神，随行者驾云而起。唬得那国王、妃后，并文武多官，一个个朝空礼拜，都道：『是真仙真佛降临凡也！』那大圣携着八戒，径到南方七十里之地，住下风云，找寻妖处。但只见一股清溪，两边夹岸，岸上有千千万万的杨柳，更不知清华庄在于何处。正是那：

万顷野田观不尽，千堤烟柳隐无踪。

孙大圣寻觅不着，即捻诀，念一声『唵』字真言，拘出一个当方土地，战兢兢近前跪下叫道：『大圣，柳林坡土地叩头。』行者道：『你休怕，我不打你。我问你：柳林坡有个清华庄，在于何方？』土地道：『此间有个清华洞，不曾有个清华庄。小神知道了，大圣想是自比丘国来的？』行者道：『正是，正是。比丘国王被一个妖精哄了。是老孙到那厢，识得是妖怪，当时战退那怪，化一道寒光，不知去向。及问比丘王，他说三年前进美女时，曾问其由，怪言居住城南七十里柳林坡清华庄。适寻到此，只见林坡，不见清华庄，是以问你。』土地叩头道：『望大圣恕罪。比丘王亦我地之主也，小神理当鉴察；奈何妖精神威法大，如我泄漏他事，就来欺凌，故此未获。大圣今来，只去那南岸九叉头一颗杨树根下，左转三转，右转三转，用两手齐扑树上，连叫三声「开门」，即现清华洞府。』

大圣闻言，即令土地回去，与八戒跳过溪来，寻那颗杨树。果然有九条叉枝，总在一颗根上。行者吩咐八戒：『你且远远的站定，待我叫开门，寻着那怪，赶将出来，你却接应。』八戒闻命，即离树有半里远近立下。这大圣依土地之言，绕树根，左转三转，右转三转，双手齐扑其树，叫：『开门！开门！』霎时间，一声响亮，唿喇喇的门开两扇，更不见树的踪迹。那里边光明霞采，亦无人烟。行者趁神威，撞将进去，但见那里好个去处：

烟霞幌亮，日月偷明。白云常出洞，翠藓乱漫庭。一径奇花争艳丽，遍阶瑶草斗芳荣。温暖气，景常春，浑如阆苑，不亚蓬瀛。滑凳攀长蔓，平桥挂乱藤。蜂衔红蕊来岩窟，蝶戏幽兰过石屏。

行者急拽步，行近前边细看。见石屏上有四个大字：『清华仙府』。他忍不住，跳过石屏看处，只见那老怪怀中搂着个美女，喘嘘嘘的，正讲比丘国事，齐声叫道：『好机会来，三年事，今日得完，被那猴头破了！』

行者跑近身，掣棒高叫道：『我把你这伙毛团！甚么「好机会」，吃吾一棒！』那老怪丢放美人，轮起蟠龙拐，急架相迎。他两个在洞前，这场好杀，比前又甚不同：

棒举迸金光，拐轮凶气发。那怪道：『你无知敢进我门来！』行者道：『我有意降邪怪！』那怪道：『我恋国主你无干，怎的欺心来展抹？』行者道：『僧修政教本慈悲，不忍儿童活见杀。』语去言来各恨仇，棒迎拐架当心札。促损琪花为顾生，踢破翠苔因把滑。只杀得那洞中霞采欠光明，岩上芳菲俱掩压。乒乓惊得鸟难飞，吆喝吓得美人散。只存老怪与猴王，呼呼卷地狂风刮。看看杀出洞门来，又撞悟能呆性发。

原来八戒在外边，听见他们里面嚷闹，激得他心痒难挠，掣钉钯，把一棵九叉杨树刨倒，使钯筑了几下，筑得那鲜血直冒，嘤嘤的似乎有声。他道：『这棵树成了精也！这棵树成了精也！』按在地下，又正筑处，只见行者引怪出来。那呆子不打话，赶上前，举钯就筑。那老怪战行者已是难敌，见八戒钯来，愈觉心慌，败了阵，将身一幌，化道寒光，径投东走。他两个决不放松，向东赶来。

正当喊杀之际，又闻得鸾鹤声鸣，祥光缥缈。举目视之，乃南极老人星也。那老人把寒光罩住。叫道：『大圣慢来，天蓬休赶。老道在此施礼哩。』行者即答礼道：『寿星兄弟，那里来？』八戒笑道：『肉头老儿，罩住寒光，必定捉住妖怪了。』寿星陪笑道：『在这里，在这里。望二公饶他命罢。』行者道：『老怪不与老弟相干，为何来说人情？』寿星笑道：『他是我的一副脚力，不意走将来，成此妖怪。』行者道：『既是老弟之物，只教他现出本相来看

寻洞擒妖逢老寿
当朝正主救婴儿

三藏叫：『徒弟，收拾辞王。』那国王又苦留求教。行者道：『陛下，从此色欲少贪，阴功多积，凡百事将长补短，自足以祛病延年，就是教也。』遂拿出两盘散金碎银，奉为路费。唐僧坚辞，分文不受。国王无已，命摆銮驾，请唐僧端坐凤辇龙车，王与嫔后，俱推轮转毂，方送出朝。

看。』寿星闻言，即把寒光放出，喝道：『孽畜！快现本相，饶你死罪！』那怪打个转身，原来是只白鹿。寿星拿起拐杖道：『这孽畜！连我的拐棒也偷来也！』那只鹿俯伏在地，口不能言，只管叩头滴泪。但见他：

一身如玉简斑斑，两角参差七汊湾。
几度饥时寻药圃，有朝渴处饮云潺。
年深学得飞腾法，日久修成变化颜。
今见主人呼唤处，现身珉耳伏尘寰。

寿星谢了行者，就跨鹿而行。被行者一把扯住道：『老弟，且慢走，还有两件事未完哩。』寿星道：『还有甚么未完之事？』行者道：『还有美人未获，不知是个甚么怪物；还又要同到比丘城见那昏君，现相回旨也。』寿星道：『既这等说，我且宁耐。你与天蓬下洞擒捉那美人来，同去现相可也。』行者道：『老弟略等等儿，我们去了就来。』

那八戒抖擞精神，随行者径入清华仙府，呐声喊，叫：『拿妖精！拿妖精！』那美人战战兢兢，正自难逃，又听得喊声大振，即转石屏之内，又没个后门出头；被八戒喝声：『那里走！我把你这个哄汉子的臊精，看钯！』那美人手中又无兵器，不能迎敌，将身一闪，化道寒光，往外就走；被大圣抵住寒光，乒乓一棒，那怪立不住脚，倒在尘埃，现了本相，原来是一个白面狐狸。呆子忍不住手，举钯照头一筑，可怜把那个倾城倾国千般笑，化作毛团狐狸形！行者叫道：『莫打烂他，且留他此身去见昏君。』

那呆子不嫌秽污，一把揪住尾巴，拖拖扯扯，跟随行者出得门来。只见那寿星老儿手摸着鹿头骂道：『好孽畜啊！你怎么背主逃去，在此成精！若不是我来，孙大圣定打死你了。』行者跳出来道：『老弟说甚么？』寿星道：

『我嘱鹿哩！我嘱鹿哩！』八戒将个死狐狸掼在鹿的面前道：『这可是你的女儿么？』那鹿点头幌脑，伸着嘴，闻他几闻，呦呦发声，似有眷恋不舍之意。被寿星劈头扑了一掌道：『孽畜！你得命足矣，又闻他怎的？』即解下勒袍腰带，把鹿扣住颈项，牵将起来，道：『大圣，我和你比丘国相见去也。』行者道：『且住！索性把这边都扫个干净，庶免他年复生妖孽。』

八戒闻言，举钯将柳树乱筑。行者又念声『唵』字真言，依然拘出当坊土地，叫：『寻些枯柴，点起烈火，与你这方消除妖患，以免欺凌。』那土地即转身，阴风飒飒，帅起阴兵，搬取了些迎霜草、秋青草、蓼节草、山蕊草、蒌蒿柴、龙骨柴、芦荻柴，都是隔年干透的枯焦之物，见火如同油腻一般。行者叫：『八戒，不必筑树。但得此物填塞洞里，放起火来，烧得个干净。』火一起，果然把一座清华妖怪宅，烧作火池坑。

这里才喝退土地，同寿星牵着鹿，拖着狐狸，一齐回到殿前，对国王道：『这是你的美后。与他要子儿么？』那国王胆战心惊。又只见孙大圣引着寿星，牵着白鹿，都到殿前，唬得那国里君臣妃后，一齐下拜。行者近前，搀住国王，笑道：『且休拜我。这鹿儿却是国丈，你只拜他便是。』那国王羞愧无地，只道：『感谢神僧救我一国小儿，真天恩也！』即传旨教光禄寺安排素宴，大开东阁，请南极老人与唐僧四众，共坐谢恩。三藏拜见了寿星，沙僧亦以礼见。都问道：『白鹿既是老寿星之物，如何得到此间为害？』寿星笑道：『前者，东华帝君过我荒山，我留坐着棋，一局未终，这孽畜走了。及客去寻他不见，我因屈指询算，知他走在此处，特来寻他，正遇着孙大圣施威。若果来迟，此畜休矣。』叙不了，只见报道：『宴已完备。』好素宴：

五彩盈门，异香满座。桌挂绣纬生锦艳，地铺红毯幌霞光。宝鸭内，沉檀香袅；御筵前，蔬品香馨。看盘高果砌楼台，龙缠斗糖摆走兽。鸳鸯锭，狮仙糖，似模似样；鹦鹉杯，鹭鹚杓，如相如形。席前果品般般盛，案

当朝正主救婴儿

这里才喝退土地，同寿星牵着鹿，拖着狐狸，一齐回到殿前，对国王道：『这是你的美后。与他耍子儿么？』那国王胆战心惊。又只见孙大圣引着寿星，牵着白鹿，都到殿前，唬得那国里君臣妃后，一齐下拜。行者近前，搀住国王，笑道：『且休拜我。这鹿儿却是国丈，你只拜他便是。』

上斋肴件件精。魁圆茧栗，鲜荔桃子。枣儿柿饼味甘甜，松子葡萄香腻酒。几般蜜食，数品蒸酥。油札糖浇，花团锦砌。金盘高垒大馍馍，银碗满盛香稻饭。辣炒炒汤水粉条长，香喷喷相连添换美。说不尽蘑菇木耳、嫩笋黄精，十香素菜，百味珍馐。往来绰摸不曾停，进退诸般皆盛设。

当时叙了坐次，寿星首席，长老次席，国王前席。行者、八戒、沙僧侧席。旁又有两三个太师相陪左右。即命教坊司动乐。国王擎着紫霞杯，一一奉酒。惟唐僧不饮。八戒向行者道：『师兄，果子让你，汤饭等须请让我受用受用。』那呆子不分好歹，一齐乱上，但来的吃个精空。

一席筵宴已毕，寿星告辞。那国王又近前跪拜寿星，求祛病延年之法。寿星笑道：『我因寻鹿，未带丹药。欲传你修养之方，你又筋衰神败，不能还丹。我这衣袖中，只有三个枣儿，是与东华帝君献茶的，我未曾吃，今送你罢。』国王吞之，渐觉身轻病退。后得长生者，皆原于此。八戒看见，就叫道：『老寿，有火枣，送我几个吃吃。』寿星道：『未曾带得。待改日我送你几斤。』遂出了东阁，道了谢意，将白鹿一声喝起，飞跨背上，踏云而去。这朝中君王妃后，城中黎庶居民，各各焚香礼拜不题。

三藏叫：『徒弟，收拾辞王。』那国王又苦留求教。行者道：『陛下，从此色欲少贪，阴功多积，凡百事将长补短，自足以祛病延年，就是教也。』遂拿出两盘散金碎银，奉为路费。唐僧坚辞，分文不受。国王无已，命摆銮驾，请唐僧端坐凤辇龙车，王与嫔后，俱推轮转毂，方送出朝。六街三市，百姓群黎，亦皆盏添净水，炉降真香，又送出城。忽听得半空中一声风响，路两边落下一千一百一十一个鹅笼，内有小儿啼哭，暗中有原护的城隍、土地、社令、真官、五方揭谛、四值功曹、六丁六甲、护教伽蓝等众，应声高叫道：『大圣，我等前蒙吩咐，摄去小儿鹅笼，今知大圣功成起行，一一送来也。』那国王妃后与一应臣民，又俱下拜。行者望空道：『有劳列位，请各归祠，我着民间祭祀谢你。』呼呼淅淅，阴风又起而退。

行者叫城里人家来认领小儿。当时传播，俱来各认出笼中之儿，欢欢喜喜，抱出叫哥哥，叫肉儿，跳的跳，笑的笑，都叫：『扯住唐朝爷爷，到我家奉谢救儿之恩！』无大无小，若男若女，都不怕他相貌之丑，抬着猪八戒，扛着沙和尚，顶着孙大圣，撮着唐三藏，牵着马，挑着担，一拥回城。那国王也不能禁止。这家也开宴，那家也设席。请不及的，或做僧帽、僧鞋、褊衫、布袜，里里外外，大小衣裳，都来相送。如此盘桓，将有个月，才得离城。又有传下影神，立起牌位，顶礼焚香供养。这才是：

阴功高垒恩山重，救活千千万万人。

毕竟不知向后又有甚么事体，且听下回分解。

姹女育阳求配偶

即返云头，按落林里。只见八戒乱解绳儿。行者上前，一把揪住耳朵，扑的捽了一跌。呆子抬头看见，爬起来说道：『师父教我救人，你怎么恃你有力，将我掼这一跌！』行者笑道：『兄弟，莫解他。他是个妖怪，弄喧儿，骗我们哩。』

第八十回 姹女育阳求配偶 心猿护主识妖邪

却说比丘国君臣黎庶，送唐僧四众出城，有二十里之远，还不肯舍。三藏勉强下辇，乘马辞别而行。目送者直至望不见踪影方回。

四众行够多时，又过了冬残春尽，看不了野花山树，景物芳菲。前面又见一座高山峻岭。三藏心惊，问道：『徒弟，前面高山，有路无路？是必小心！』行者笑道：『师父这话，也不像个走长路的，却似个公子王孙，坐井观天之类。自古道：「山不碍路，路自通山。」何以言有路无路？』三藏道：『虽然是山不碍路，但恐崄峻之间生怪物，密查深处出妖精。』八戒道：『放心，放心！这里来相近极乐不远，管取太平无事！』

师徒正说，不觉的到了山脚下。行者取出金箍棒，走上石崖，叫道：『师父，此间乃转山的路儿，忒好步。快

来！快来！』长老只得放怀策马。沙僧教：『二哥，你把担子挑一肩儿。』真个八戒接了担子挑上。沙僧拢着缰绳，老师父稳坐雕鞍，随行者都奔山崖上大路。但见那山：

云雾笼峰顶，潺湲涌涧中。百花香满路，万树密丛丛。梅青李白，柳绿桃红。杜鹃啼处春将暮，紫燕呢喃社已终。嵯峨石，翠盖松。崎岖岭道，突兀玲珑。削壁悬崖峻，薜萝草木秾。千岩竞秀如排戟，万壑争流远浪洪。

老师父缓观山景，忽闻啼鸟之声，又起思乡之念。兜马叫道：『徒弟！

我自天牌传旨意，锦屏风下领关文。
观灯十五离东土，才与唐王天地分。
甫能龙虎风云会，却又师徒拗马军。
行尽巫山峰十二，何时对子见当今？』

行者道：『师父，你常以思乡为念，全不似个出家人。放心且走，莫要多忧。古人云：「欲求生富贵，须下死工夫。」』三藏道：『徒弟，虽然说得有理，但不知西天路还在那里哩！』八戒道：『师父，我佛如来舍不得那三藏经，知我们要取去，想是搬了；不然，如何只管不到？』沙僧道：『莫胡谈！只管跟着大哥走。只把工夫捱他，终须有个到之之日。』

师徒正自闲叙，又见一派黑松大林。唐僧害怕，又叫道：『悟空，我们才过了那崎岖山路，怎么又遇这个深黑松林？是必在意。』行者道：『怕他怎的！』三藏道：『说那里话！「不信直中直，须防仁不仁。」我也与你走过好几处松林，不似这林深远。你看：

东西密摆，南北成行。东西密摆彻云霄，南北成行侵碧汉。密查荆棘周围结，蓼却缠枝上下盘。藤来缠葛，葛去缠藤。藤来缠葛，东西客旅难行；葛去缠藤，南北经商怎进。这林中，住半年，那分日月；行数里，不见斗星。你看那背阴之处千般景，向阳之所万丛花。又有那千年槐，万载松桧，耐寒松，山桃果，野芍药，旱芙蓉，一攒攒密砌重堆，乱纷纷神仙难画。又听得百鸟声：鹦鹉哨，杜鹃啼；喜鹊穿枝，乌鸦反哺；黄鹂飞舞，百舌调音；鹧鸪鸣，紫燕语；八哥儿学人说话，画眉郎也会看经。又见那大虫摆尾，老虎磕牙；多年狐狢妆娘子，日久苍狼吼振林。就是托塔天王来到此，纵会降妖也失魂！

孙大圣公然不惧。使铁棒上前劈开大路，引唐僧径入深林。逍逍遥遥，行经半日，未见出林之路。唐僧叫道：『徒弟，一向西来，无数的山林崎崄，幸得此间清雅，一路太平。这林中奇花异卉，其实可人情意！我要在此坐坐：一则歇马；二则腹中饥了，你去那里化些斋来我吃。』行者道：『师父请下马，老孙化斋去来。』那长老果然下了马。八戒将马拴在树上，沙僧歇下行李，取了钵盂，递与行者。行者道：『师父稳坐，莫要惊怕。我去了就来。』三藏端坐松阴之下，八戒、沙僧却去寻花觅果闲耍。

却说大圣纵筋斗，到了半空，伫定云头，回头观看，只见松林中祥云缥缈，瑞霭氤氲。他忽失声叫道：『好啊，好啊！』你道他叫好做甚？原来夸奖唐僧，说他是金蝉长老转世，十世修行的好人，所以有此祥瑞罩头。『若我老孙，方五百年前大闹天宫之时，云游海角，放荡天涯，聚群精自称齐天大圣，降龙伏虎，消了死籍；头戴着三额金冠，身穿着黄金铠甲，手执着金箍棒，足踏着步云履，手下有四万七千群怪，都称我做大圣爷爷，着实为人。如今脱却天灾，做小伏低，与你做了徒弟，想师父头顶上有祥云瑞霭罩定，径回东土，必定有些好处，老孙也必定得个正果。』

正自家这等夸念中间，忽然见林南下有一股子黑气，骨都都的冒将上来。行者大惊道：『那黑气里必定有邪了；

我那八戒、沙僧却不会放甚黑气。』那大圣在半空中，详察不定。

却说三藏坐在林中，明心见性，讽念那《摩诃般若波罗密多心经》，忽听得嘤嘤的叫声『救人』。三藏大惊道：『善哉，善哉！这等深林里，有甚么人叫？想是狼虫虎豹唬倒的，待我看看。』

那长老起身挪步，穿过千年柏，隔起万年松，附葛攀藤，近前视之，只见那大树上绑着一个女子，上半截使葛藤绑在树上，下半截埋在土里。长老立定脚，问他一句道：『女菩萨，你有甚事，绑在此间？』咦！分明这厮是个妖怪，长老肉眼凡胎，却不能认得。那怪见他来问，泪如泉涌。你看他桃腮垂泪，有沉鱼落雁之容；星眼含悲，有闭月羞花之貌。长老实不敢近前，又开口问道：『女菩萨，你端的有何罪过？说与贫僧，却好救你。』那妖精巧语花言，虚情假意，忙忙的答应道：『师父，我家住在贫婆国，离此有二百余里。父母在堂，十分好善，一生的和亲爱友。时遇清明，邀请诸亲及本家老小拜扫先茔，一行轿马，都到了荒郊野外。至茔前，摆开祭礼，刚烧化纸马，只闻得锣鸣鼓响，跑出一伙强人，持刀弄杖，喊杀前来，慌得我们魂飞魄散。父母诸亲，得马得轿的，各自逃了性命；奴奴年幼，跑不动，唬倒在地，被众强人拐来山内，大大王要做夫人，二大王要做妻室，第三第四个都爱我美色，七八十家一齐争吵，大家都不忿气，所以把奴奴绑在林间，众强人散盘而去。今已五日五夜，看看命尽，不久身亡！不知是那世里祖宗积德，今日遇着老师父到此。千万发大慈悲，救我一命，九泉之下，决不忘恩！』说罢，泪下如雨。

三藏真个慈心，也就忍不住吊下泪来，声音哽咽，叫道：『徒弟。』那八戒、沙僧，正在林中寻花觅果，猛听得师父叫得凄怆，呆子道：『沙和尚，师父在此认了亲耶。』沙僧笑道：『二哥胡缠！我们走了这些时，好人也不曾撞见一个，亲从何来？』八戒道：『不是亲，师父那里与人哭么？我和你去看来。』沙僧真个回转旧处，牵了马，挑了担，至跟前叫：『师父，怎么说？』唐僧用手指定那树上，叫：『八戒，解下那女菩萨来，救他一命。』呆子不分好歹，就去动手。

却说那大圣在半空中，又见那黑气浓厚，把祥光尽情盖了，道声：『不好，不好！黑气罩暗祥光，怕不是妖邪害俺师父！化斋还是小事，且去看我师父去。』即返云头，按落林里。只见八戒乱解绳儿。行者上前，一把揪住耳朵，扑的捽了一跌。呆子抬头看见，爬起来说道：『师父教我救人，你怎么恃你有力，将我掼这一跌！』行者笑道：『兄弟，莫解他。他是个妖怪，弄喧儿，骗我们哩。』三藏喝道：『你这泼猴，又来胡说了！怎么这等一个女子，就认得他是个妖怪！』行者道：『师父原来不知。这都是老孙干过的买卖，想人肉吃的法儿。你那里认得！』八戒呶着嘴道：『师父，莫信这弼马温哄你！这女子乃是此间人家。我们东土远来，不与相较，又不是亲眷，如何说他是妖精！他打发我们丢了前去，他却翻筋斗，弄神法转来和他干巧事儿，倒踏门也！』行者喝道：『夯货，莫乱谈！我老孙一向西来，那里有甚惫懒处？似你这个重色轻生，见利忘义的馕糟，不识好歹，替人家哄了招女婿，绑在树上哩！』三藏道：『也罢，也罢。八戒啊，你师兄常时也看得不差。既这等说，不要管他，我们去罢。』行者大喜道：『好了，师父是有命的了！请上马。出松林外，有人家化斋你吃。』四人果一路前进，把那怪撇了。

却说那怪绑在树上，咬牙恨齿道：『几年家闻人说孙悟空神通广大，今日见他，果然话不虚传。那唐僧乃童身修行，一点元阳未泄，正欲拿他去配合，成太乙金仙，不知被此猴识破吾法，将他救去了。若是解了绳，放我下来，随手捉将去，却不是我的人儿也？今被他一篇散言碎语带去，却又不是劳而无功？等我再叫他两声，看是如何。』好妖精，不动绳索，把几声善言善语，用一阵顺风，嘤嘤的吹在唐僧耳内。你道叫的甚么？他叫道：『师父啊，你放着活人的性命还不救，昧心拜佛取向经？』

唐僧在马上听得又这般叫唤，即勒马叫：『悟空，去救那女子下来罢。』行者道：『师父走路，怎么又想起他来了？』唐僧道：『他又在那里叫哩。』行者问：『八戒，你听见么？』八戒道：『耳大遮住了，不曾听见。』又问：『沙僧，你听见么？』沙僧道：『我挑担前走，不曾在心，也不曾听见。』行者道：『老孙也不曾听见。师父，他叫甚么？偏你听见。』唐僧道：『他叫得有理。说道：「活人性命还不救，昧心拜佛取何经？」「救人一命，胜造七级浮屠。」快去救他下来，强似取经拜佛。』行者笑道：『师父要善将起来，就没药医。你想你离了东土，一路西来，却也过了几重山场，遇着许多妖怪，常把你拿将进洞，老孙来救你，使铁棒，常打死千千万万；今日一个妖精的性命，舍不得，要去救他？』唐僧道：『徒弟呀，古人云：「勿以善小而不为，勿以恶小而为之。」还去救他救罢。』行者道：『师父既然如此，只是这个担儿，老孙却担不起。你要救他，我也不敢苦劝你；劝一会，你又恼了。任你去救。』唐僧道：『猴头莫多话！你坐着，等我和八戒救他去。』

唐僧回至林里，教八戒解了上半截绳子，用钯筑出下半截身子。那怪跌跌鞋，束束裙，喜孜孜跟着唐僧出松林，见了行者。行者只是冷笑不止。唐僧骂道：『泼猴头！你笑怎的？』行者道：『我笑你「时来逢好友，运去遇佳人」。』三藏又骂道：『泼猢狲！胡说！我自出娘肚皮，就做和尚。如今奉旨西来，虔心礼佛求经，又不是利禄之辈，有甚运退时！』行者笑道：『师父，你虽是自幼为僧，却只会看经念佛，不曾见王法条律。这女子生得年少标致，我和你乃出家人，同他一路行走，倘若遇着歹人，把我们拿送官司，不论甚么取经拜佛，且都打做奸情；纵无此事，也要问个拐带人口。师父追了度牒，打个小死；八戒该问充军；沙僧也问摆站；我老孙也不得干净。饶我口能，怎么折辩，也要问个不应。』三藏喝道：『莫胡说！终不然，我救人性命，有甚贻累不成！带了他去。凡有事，都在我身上。』

行者道：『师父虽说有事在你，却不知你不是救他，反是害他。』三藏道：『我救他出林，得其活命，怎么反是害他？』行者道：『他当时绑在林间，或三五日，十日，半月，没饭吃，饿死了，还得个完全身体归阴；如今带他出来，你坐的是个快马，行路如风，我们只得随你，那女子脚小，挪步艰难，怎么跟得上走？一时把他丢下，若遇着狼虫虎豹，一口吞之，却不是反害其生也？』三藏道：『正是呀。这件事却亏你格。如何处置？』行者笑道：『抱他上来，和你同骑着马走罢。』三藏沉吟道：『我那里好与他同马！』『他怎生得去？』三藏道：『教八戒驮他走罢。』行者笑道：『呆子造化到了！』八戒道：『「远路没轻担。」教我驮人，有甚造化？』行者道：『你那嘴长，驮着他，转过嘴来，计较私情话儿，却不便益？』八戒闻此言，捶胸爆跳道：『不好！不好！师父要打我几下，宁可忍疼。背着他决不得干净：师兄一生会赃埋人。我驮不成！』三藏道：『也罢，也罢。我也还走得几步，等我下来，慢慢的同走，着八戒牵着空马罢。』行者大笑道：『呆子倒有买卖。师父照顾你牵马哩。』三藏道：『这猴头又胡说了！古人云：「马行千里，无人不能自往。」假如我在路上慢走，你好丢了我去？我若慢，你们也慢。大家一处同这女菩萨走下山去，或到庵观寺院，有人家之处，留他在那里，也是我们救他一场。』行者道：『师父说得有理。快请前进。』

三藏撩前走，沙僧挑担，八戒牵着空马，行者拿着棒，引着女子，一行前进。不上二三十里，天色将晚。又见一座楼台殿阁。三藏道：『徒弟，那里必定是座庵观寺院，就此借宿了，明日早行。』行者道：『师父说得是。各各走动些。』霎时到了门首。吩咐道：『你们略站远些，等我先去借宿。若有方便处，着人来叫你。』众人俱立在柳阴之下，惟行者拿铁棒，辖着那女子。

长老拽步近前，只见那门东倒西歪，零零落落。推开看时，忍不住心中凄惨：长廊寂静，古刹萧疏；苔藓盈庭，蒿蓁满径；惟萤火之飞灯，只蛙声而代漏。长老忽然吊下泪来。真个是：

殿宇雕零倒塌，廊房寂寞倾颓。断砖破瓦十余堆，尽是些歪梁折柱。前后尽生青草，尘埋朽烂香厨。钟楼崩坏鼓无皮，琉璃香灯破损。佛祖金身没色，罗汉倒卧东西。观音淋坏尽成泥，杨柳净瓶坠地。日内并无僧入，夜间尽宿狐狸。只听风响吼如雷，都是虎豹藏身之处。四下墙垣皆倒，亦无门扇关居。

有诗为证，诗曰：

多年古刹没人修，狼狈凋零倒更休。
猛风吹裂伽蓝面，大雨浇残佛象头。
金刚跌损随淋洒，土地无房夜不收。
更有两般堪叹处，铜钟着地没悬楼。

姹女育阳求配偶
心猿护主识妖邪

三藏道：『也罢，也罢。八戒啊，你师兄常时也看得不差。既这等说，不要管他，我们去罢。』行者大喜道：『好了，师父是有命的了！请上马。出松林外，有人家化斋你吃。』四人果一路前进，把那怪撇了。

三藏硬着胆，走进二层门。见那钟鼓楼俱倒了，止有一口铜钟，札在地下。上半截如雪之白，下半截如靛之青。原来是日久年深，上边被雨淋白，下边是土气上的铜青。三藏用手摸着钟，高叫道：『钟啊！你

也曾悬挂高楼吼，也曾鸣远彩梁声。也曾鸡啼就报晓，也曾天晚送黄昏。不知化铜的道人归何处，铸铜匠作那边存。想他二命归阴府，他无踪迹你无声。』

长老高声赞叹，不觉的惊动寺里之人。那里边有一个侍奉香火的道人，他听见人语，扒起来，拾一块断砖，照钟上打将去。那钟当的响了一声，把个长老唬了一跌；挣起身要走，又绊着树根，扑的又是一跌。长老倒在地下，抬头又叫道：『钟啊！

贫僧正然感叹你，忽的叮当响一声。想是西天路上无人到，日久多年变作精。』

那道人赶上前，一把搀住道：『老爷请起。不干钟成精之事。却才是我打得钟响。』三藏抬头见他的模样丑黑，道：『你莫是魍魉妖邪？我不是寻常之人，我是大唐来的，我手下有降龙伏虎的徒弟。你若撞着他，性命难存也！』道人跪下道：『老爷休怕。我不是妖邪，我是这寺里侍奉香火的道人。却才听见老爷善言相赞，就欲出来迎接，恐怕是个邪鬼敲门，故此拾一块断砖，把钟打一下压惊，方敢出来。老爷请起。』那唐僧方然正性道：『住持，险些儿唬杀我也。你带我进去。』

那道人引定唐僧，直至三层门里看处，比外边甚是不同。但见那：

青砖砌就彩云墙，绿瓦盖成琉璃殿。黄金装圣象，白玉造阶台。大雄殿上舞青光，毗罗阁下生锐气。文殊殿，结采飞云；轮藏堂，描花堆翠。三檐顶上宝瓶尖，五福楼中平绣盖。千株翠竹摇禅榻，万种青松映佛门。碧云宫里放金光，紫雾丛中飘瑞霭。朝闻四野香风远，暮听山高画鼓鸣。应有朝阳补破衲，岂无对月了残经？只又

见半壁灯光明后院，一行香雾照中庭。

三藏见了，不敢进去。叫：『道人，你这前边十分狼狈，后边这等齐整，何也？』道人笑道：『老爷，这山中多有妖邪强寇，天色清明，沿山打劫，天阴就来寺里藏身，被他把佛象推倒垫坐，木植搬来烧火。本寺僧人软弱，不敢与他讲论，因此把这前边破房都舍与那些强人安歇，从新另化了些施主，盖得那一所寺院。清混各一，这是西方的事情。』三藏道：『原来是如此。』

正行间，又见山门上有五个大字，乃『镇海禅林寺』。才举步，跨入门里，忽见一个和尚走来。你看他怎生模样：

头戴左笄绒锦帽，一对铜圈坠耳根。身着颇罗毛线服，一双白眼亮如银。手中摇着播郎鼓，口念番经听不真。三藏原来不认得，这是西方路上喇嘛僧。

那喇嘛和尚，走出门来，看见三藏眉清目秀，额阔顶平，耳垂肩，手过膝，好似罗汉临凡，十分俊雅。他走上前扯住，满面笑唏唏的与他捻手捻脚，摸他鼻子，揪他耳朵，以示亲近之意。携至方丈中，行礼毕，却问：『老师父何来？』三藏道：『弟子乃东土大唐驾下钦差往西方天竺国大雷音寺拜佛取经者。适行至宝方天晚，特奔上刹借宿一宵，明日早行。望垂方便一二。』那和尚笑道：『不当人子！不当人子！我们不是好意要出家的，皆因父母生身，命犯华盖，家里养不住，才舍断了出家；既做了佛门弟子，切莫说脱空之话。』三藏道：『我是老实话。』和尚道：『那东土到西天，有多少路程！路上有山，山中有洞，洞内有精。像你这个单身，又生得娇嫩，那里像个取经的！』三藏道：『院主也见得是。贫僧一人，岂能到此。我有三个徒弟，逢山开路，遇水叠桥，保我弟子，所以到得上刹。』那和尚道：『三位高徒何在？』三藏道：『现在山门外伺候。』那和尚慌了道：『师父，你不知我这里有虎狼、妖贼、鬼怪伤人。白日里不敢远出，未经天晚，就关了门户。这早晚把人放在外边！』叫：『徒弟，快去请将进来。』

有两个小喇嘛儿，跑出外去，看见行者，唬了一跌；见了八戒，又是一跌；扒起来往后飞跑，道：『爷爷，造化低了！你的徒弟不见，只有三四个妖怪站在那门首也。』三藏问道：『怎么模样？』小和尚道：『一个雷公嘴，一个碓挺嘴，一个青脸獠牙。旁有一个女子，倒是个油头粉面。』三藏笑道：『你不认得。那三个丑的，是我徒弟。那一个女子，是我打松林里救命来的。』那喇嘛道：『爷爷呀，这们好俊师父，怎么寻这般丑徒弟？』三藏道：『他丑自丑，却俱有用。你快请他进来。若再迟了些儿，那雷公嘴的有些闯祸，不是个人生父母养的，他就打进来也。』

那小和尚即忙跑出，战兢兢的跪下道：『列位老爷，唐老爷请哩。』八戒笑道：『哥啊，他请便罢了，却这般战兢兢的，何也？』行者道：『看见我们丑陋害怕。』八戒道：『可是扯淡！我们乃生成的，那个是好要丑哩！』行者道：『把那丑且略收拾收拾。』呆子真个把嘴揣在怀里，低着头，牵着马，沙僧挑着担，行者在后面，拿着棒，辖着那女子，一行进去。穿过了倒塌房廊，入三层门里。拴了马，歇了担，进方丈中，与喇嘛僧相见，分了坐次。那和尚入里边，引出七八十个小喇嘛来；见礼毕，收拾办斋管待。正是：

积功须在慈悲念，佛法兴时僧赞僧。

毕竟不知怎生离寺，且听下回分解。

镇海寺心猿知怪

他自恃的神通广大，便随手架起双股剑，玎玎的响，左遮左格，随东倒西。行者虽强些，却也捞他不倒。阴风四起，残月无光。那孙大圣精神抖擞，棍儿没半点差池。妖精自料敌他不住，猛可的眉头一蹙，计上心来，抽身便走。

第八十一回　镇海寺心猿知怪　黑松林三众寻师

话表三藏师徒到镇海禅林寺，众僧相见，安排斋供。四众食毕，那女子也得些食力。渐渐天昏，方丈里点起灯来。众僧一则是问唐僧取经来历，二则是贪看那女子，都攒攒簇簇，排列灯下。

三藏对那初见的喇嘛僧道：『院主，明日离了宝山，西去的路途如何？』那僧双膝跪下，慌得长老一把扯住道：『院主请起。我问你个路程，你为何行礼？』那僧道：『老师父明日西行，路途平正，不须费心。只是眼下有件事儿不尴尬，一进门就要说，恐怕冒犯洪威，却才斋罢，方敢大胆奉告：老师东来，路遥辛苦，都在小和尚房中安歇甚好；只是这位女菩萨，不方便，不知请他那里睡好。』三藏道：『院主，你不要生疑，说我师徒们有甚邪意。早间打黑松林过，撞见这个女子绑在树上。小徒孙悟空不肯救他，是我发菩提心，将他救了，到此随院主送他那里睡去。』

那僧谢道：『既老师宽厚，请他到天王殿里，就在天王爷爷身后，安排个草铺，教他睡罢。』三藏道：『甚好，甚好。』遂此时，众小和尚引那女子往殿后睡去。长老就在方丈中，请众院主自在，遂各散去。三藏吩咐悟空：『辛苦了，早睡早起。』遂一处都睡了，不敢离侧，护着师父。渐入夜深，正是那：

玉兔高升万籁宁，天街寂静断人行。
银河耿耿星光灿，鼓发谯楼趱换更。

一宵晚话不题。及天明了，行者起来，教八戒、沙僧收拾行囊、马匹，却请师父走路。此时长老还贪睡未醒。行者近前叫声：『师父。』那师父把头抬了一抬，又不曾答应得出。行者问：『师父怎么说？』长老呻吟道：『我怎么这般头悬眼胀，浑身皮骨皆疼？』八戒听说，伸手去摸摸，身上有些发热。呆子笑道：『我晓得了。这是昨晚见没钱的饭，多吃了几碗，倒沁着头睡，伤食了。』行者喝道：『胡说！等我问师父，端的何如。』三藏道：『我半夜之间，起来解手，不曾戴得帽子，想是风吹了。』行者道：『这还说得是。如今可走得路么？』三藏道：『我如今起坐不得，怎么上马？但只误了路啊！』行者道：『师父说那里话！常言道：「一日为师，终身为父。」我等与你做徒弟，就是儿子一般。又说道：「养儿不用阿金溺银，只是见景生情便好。」你既身子不快，说甚么误了行程，便宁耐几日，何妨！』兄弟们都伏侍着师父，不觉的早尽午来昏又至，良宵才过又侵晨。

光阴迅速，早过了三日。那一日，师父欠身起来叫道：『悟空，这两日病体沉疴，不曾问得你，那个脱命的女菩萨，可曾有人送些饭与他吃？』行者笑道：『你管他怎的，且顾了自家的病着。』三藏道：『正是，正是。你且扶我起来，取出我的纸、笔、墨，寺里借个砚台来使使。』行者道：『要怎的？』长老道：『我要修一封书，并关文封在一处，你替我送上长安驾下，见太宗皇帝一面。』行者道：『这个容易。我老孙别事无能，若说送书，人间第一。你把书收拾停当与我，我一筋斗送到长安，递与唐王，再一筋斗转将回来，你的笔砚还不干哩。但只是你寄书怎的？且把书意念念我听。念了再写不迟。』长老滴泪道：『我写着：

臣僧稽首三顿首，万岁山呼拜圣君。文武两班同入目，公卿四百共知闻。当年奉旨离东土，指望灵山见世尊。不料途中遭厄难，何期半路有灾迴。僧病沉疴难进步，佛门深远接天门。有经无命空劳碌，启奏当今别遣人。』

行者听得此言，忍不住呵呵大笑道：『师父，你忒不济，略有些些病儿，就起这个意念。你若是病重，要死要活，只消问我。我老孙自有个本事。问道「那个阎王敢起心？那个判官敢出票？那个鬼使来勾取？」若恼了我，我拿出那大闹天宫之性子，又一路棍，打入幽冥，捉住十代阎王，一个个抽了他的筋，还不饶他哩！』三藏道：『徒弟呀，我病重了，切莫说这大话。』

八戒上前道：『师兄，师父说不好，你只管说好！十分不尴尬，我们趁早商量，先卖了马，典了行囊，买棺木送终散火。』行者道：『呆子又胡说了！你不知道。师父是我佛如来第二个徒弟，原叫做金蝉长老；只因他轻慢佛法，该有这场大难。』八戒道：『哥啊，师父既是轻慢佛法，贬回东土，在是非海内，口舌场中，托化做人身，发愿往西天拜佛求经，遇妖精就捆，逢魔头就吊，受诸苦恼，也够了，怎么又叫他害病？』行者道：『你那里晓得，老师父不曾听佛讲法，打了一个盹，往下一失，左脚下踹了一粒米，下界来，该有这三日病。』八戒惊道：『像老猪吃东西泼泼撒撒的，也不知害多少年代病是！』行者道：『兄弟，佛不与你众生为念。你又不知。人云：「锄禾日当午，汗滴禾下土。谁知盘中餐，粒粒皆辛苦！」师父只今日一日，明日就好了。』三藏道：『我今日比昨不同，咽喉里十分作渴。你去那里，有凉水寻些来我吃。』行者道：『好了！师父要水吃，便是好了。等我取水去。』

即时取了钵盂，往寺后面香积厨取水。忽见那些和尚一个个眼儿通红，悲啼哽咽，只是不敢放声大哭。行者道：『你们这些和尚，忒小家子样！我们住几日，临行谢你，柴火钱照日算还。怎么这等脓包！』众僧慌跪下道：『不敢，不敢！』行者道：『怎么不敢？想是我那长嘴和尚，食肠大，吃伤了你的本儿也？』众僧道：『老爷，我这荒山，大大小小，也有百十众和尚，每一人养老爷一日，也养得起百十日。怎么敢欺心，计较甚么食用！』

行者道：『既不计较，你却为甚么啼哭？』众僧道：『老爷，不知是那山里来的妖邪在这寺里。我们晚夜间着两个小和尚去撞钟打鼓，只听得钟鼓响罢，再不见人回。至次日找寻，只见僧帽、僧鞋，丢在后边园里，骸骨尚存，将人吃了。你们住了三日，我寺里不见了六个和尚。故此，我兄弟们不由的不怕，不由的不伤。因见你老师父贵恙，不敢传说，忍不住泪珠偷垂也。』行者闻言，又惊又喜道：『不消说了，必定是妖魔在此伤人也。等我与你剿除他。』众僧道：『老爷，妖精不精者不灵。一定会腾云驾雾，一定会出幽入冥。古人道得好：「莫信直中直，须防仁不仁。」老爷，你莫怪我们说。你若拿得他住哩，便与我荒山除了这条祸根，正是三生有幸了；若还拿他不住啊，却有好些儿不便处。』行者道：『怎叫做好些不便处？』那众僧道：『直不相瞒老爷说。我这荒山，虽有百十众和尚，却都只是自小儿出家的：

发长寻刀削，衣单破衲缝。早晨起来洗着脸，叉手躬身，皈依大道；夜来收拾烧着香，虔心叩齿，念的弥陀。举头看见佛，莲九品，秋三乘，慈航共法云，愿见祇园释世尊；低头看见心，受五戒，度大千，生生万法中，愿悟顽空与色空。诸檀越来啊，老的、小的、长的、矮的、胖的、瘦的，一个个敲木鱼，击金磬，挨挨拶拶，两卷《法华经》，一策《梁王忏》；诸檀越不来啊，新的、旧的、生的、熟的、村的、俏的，一个个合着掌，瞑着目，悄悄冥冥，入定蒲团上，牢关月下门。一任他莺啼鸟语闲争斗，不上我方便慈悲大法乘。因此上，也不会伏虎，也不会降龙；也不识的怪，也不识的精。你老爷若还惹起那妖魔啊，我百十个和尚只够他斋一饱：一则堕落我众生轮回；二则灭抹了这禅林古迹；三则如来会上，全没半点儿光辉。这却是好些儿不便处。』

行者闻得众和尚说出这一端的话语，他便怒从心上起，恶向胆边生，高叫一声：『你这众和尚好呆哩！只晓得那妖精，就不晓得我老孙的行止么？』众僧轻轻的答道：『实不晓得。』行者道：『我今日略节说说，你们听着：

我也曾花果山伏虎降龙，我也曾上天堂大闹天宫。饥时把老君的丹，略略咬了两三颗；渴时把玉帝的酒，轻轻嘑了六七钟。睁着一双不白不黑的金睛眼，天惨淡，月朦胧；拿着一条不短不长的金箍棒，来无影，去无踪。说甚么大精小怪，那怕他惫懒月罢腋！一赶赶上去，跑的跑，颤的颤，躲的躲，慌的慌；一捉捉将来，锉的锉，烧的烧，磨的磨，舂的舂。正是八仙同过海，独自显神通！众和尚，我拿这妖精与你看看，你才认得我老孙！』

众僧听着，暗点头道：『这贼秃开大口，说大话，想是有些来厉。』都一个个诺诺连声。只有那喇嘛僧道：『且住！你老师父贵恙，你拿这妖精不至紧。俗语道：「公子登筵，不醉便饱；壮士临阵，不死即伤。」你两下里角斗之时，倘贻累你师父，不当稳便。』行者道：『有理，有理！我且送凉水与师父吃了再来。』掇起钵盂，着上凉水，转出香积厨，就到方丈，叫声：『师父，吃凉水哩。』

三藏正当烦渴之时，便抬起头来，捧着水，只是一吸。真个『渴时一滴如甘露，药到真方病即除。』行者见长老精神渐爽，眉目舒开，就问道：『师父，可吃些汤饭么？』三藏道：『这凉水就是灵丹一般，这病儿减了一半，有汤饭也吃得些。』行者连声高叫道：『我师父好了，要汤饭吃哩。』教那些和尚忙忙的安排。淘米，煮饭，捍面，烙饼，蒸馍馍，做粉汤，抬了四五桌。唐僧只吃得半碗儿米汤。行者、沙僧止用了一席；其余的都是八戒一肚餐之。家火收去，点起灯来，众僧各散。

三藏道：『我们今住几日了？』行者道：『三整日矣。明朝向晚，便就是四个日头。』三藏道：『三日误了许多路程。』行者道：『师父，也算不得路程，明日去罢。』三藏道：『正是。就带几分病儿，也没奈何。』行者道：『既是明日要去，且让我今晚捉了妖精者。』三藏惊道：『又捉甚么妖精？』行者道：『有个妖精在这寺里，等老孙替他捉捉。』唐僧道：『徒弟呀，我的病身未可，你怎么又兴此念！倘那怪有神通，你拿他不住啊，却又不是害我？』行者道：『你好灭人威风！老孙到处降妖，你见我弱与谁的？只是不动手，动手就要赢。』三藏扯住道：『徒弟，常言说得好：「遇方便时行方便，得饶人处且饶人。操心怎似存心好，争气何如忍气高！」』孙大圣见师父苦苦劝他，不许降妖，他说出老实话来道：『师父，实不瞒你说。那妖在此吃了人了。』唐僧大惊道：『吃了甚么人？』行者说道：『我们住了三日，已是吃了这寺里六个小和尚了。』长老道：『「兔死狐悲，物伤其类。」他既吃了寺内之僧，我亦僧也，我放你去，只但用心仔细些。』行者道：『不消说。老孙的手到就消除了。』

你看他灯光前吩咐八戒、沙僧看守师父；他喜孜孜跳出方丈，径来佛殿看时，天上有星，月还未上，那殿里黑暗暗的。他就吹出真火，点起琉璃，东边打鼓，西边撞钟。响罢，摇身一变，变做个小和尚儿，年纪只有十二三岁，披着黄绢褊衫，白布直裰，手敲着木鱼，口里念经。等到一更时分，不见动静。二更时分，残月才升，只听见呼呼的一阵风响。好风：

黑雾遮天暗，愁云照地昏。四方如泼墨，一派靛妆浑。先刮时扬尘播土，次后来倒树摧林。扬尘播土星光现，倒树摧林月色昏。只刮得嫦娥紧抱桫罗树，玉兔团团找药盆。九曜星官皆闭户，四海龙王尽掩门。庙里城隍觅小鬼，空中仙子怎腾云？地府阎罗寻马面，判官乱跑赶头巾。刮动昆仑顶上石，卷得江湖波浪混。

那风才然过处，猛闻得兰麝香熏，环佩声响，即欠身抬头观看，呀！却是一个美貌佳人，径上佛殿。

行者口里呜哩呜喇，只情念经。那女子走近前，一把搂住道：『小长老，念的甚么经？』行者道：『许下的 。』女子道：『别人都自在睡觉，你还念经怎么？』行者道：『许下的，如何不念？』女子搂住，与他亲个嘴道：『我与你到后面耍耍去。』行者故意的扭过头去道：『你有些不晓事！』女子道：『你会相面？』行者道：『也晓得些儿。』女子道：『你相我怎的样子？』行者道：『我相你有些儿偷生抵熟，被公婆赶出来的。』女子道：『相不着，相不着！我

不是公婆赶逐，不因抵熟偷生。
奈我前生命薄，投配男子年轻。
不会洞房花烛，避夫逃走之情。

镇海寺心猿知怪
黑松林三众寻师

三人急急到于林内，只见那：云蔼蔼，雾漫漫；石层层，路盘盘。狐踪兔迹交加走，虎豹豺狼往复钻。林内更无妖怪影，不知三藏在何端。

趁如今星光月皎，也是有缘千里来相会，我和你到后园中交欢配鸾俦去也。』行者闻言，暗点头道：『那几个愚僧，都被色欲引诱，所以伤了性命。他如今也来哄我。』就随口答应道：『娘子，我出家人年纪尚幼，却不知甚么交欢之事。』女子道：『你跟我去，我教你。』行者暗笑道：『也罢，我跟他去，看他怎生摆布。』

他两个搂着肩，携着手，出了佛殿，径至后边园里。那怪把行者使个绊子腿，跌倒在地。口里『心肝哥哥』的乱叫，将手就去掐他的臊根。行者道：『我的儿，真个要吃老孙哩！』却被行者接住他手，使个小坐跌法，把那怪一辘轳掀翻在地上。那怪口里还叫道：『心肝哥哥，你倒会跌你的娘哩！』行者暗算道：『不趁此时下手他，还到几时！正是「先下手为强，后下手遭殃。」』就把手一叉，腰一躬，一跳跳起来，现出原身法象，轮起金箍铁棒，劈头就打。那怪倒也吃了一惊。他心想道：『这个小和尚，这等利害！』打开眼一看，原来是那唐长老的徒弟姓孙的。他也不惧他。你说这精怪是甚么精怪：

金作鼻，雪铺毛。地道为门屋，安身处处牢。养成三百年前气，曾向灵山走几遭。一饱香花和蜡烛，如来吩咐下天曹。托塔天王恩爱女，哪吒太子认同胞。也不是个填海鸟，也不是个戴山鳌。也不怕的雷焕剑，也不怕的吕虔刀。往往来来，一任他水流江汉阔；上上下下，那论他山耸泰恒高？你看他月貌花容娇滴滴，谁识得是个鼠老成精逞黠豪！

他自恃的神通广大，便随手架起双股剑，玎玎珰珰的响，左遮左格，随东倒西。行者虽强些，却也捞他不倒。阴风四起，残月无光。你看他两人，后园中一场好杀：

阴风从地起，残月荡微光。阒静梵王宇，阑珊小鬼廊。后园里一片战争场：孙大士，天上圣；毛姹女，女中王：赌赛神通未肯降。一个儿扭转芳心嗔黑秃，一个儿圆睁慧眼恨新妆。两手剑飞，那认得女菩萨；一根棍打，狠似个活金刚。响处金箍如电掣，霎时铁白耀星芳。玉楼抓翡翠，金殿碎鸳鸯。猿啼巴月小，雁叫楚天长。十八尊罗汉，暗暗喝采；三十二诸天，个个慌张。

那孙大圣精神抖擞，棍儿没半点差池。妖精自料敌他不住，猛可的眉头一蹙，计上心来，抽身便走。行者喝道：『泼货，那走！快快来降！』那妖精只是不理，直往后退。等行者赶到紧急之时，即将左脚上花鞋脱下来，吹口仙气，念个咒语，叫一声：『变！』就变做本身模样，使两口剑舞将来；真身一幌，化阵清风而去。这却不是三藏的灾星？他便径撞到方丈里，把唐三藏摄将去云头上，杳杳冥冥，霎霎眼，就到了陷空山，进了无底洞，叫小的们安排素筵席成亲不题。

却说行者斗得心焦性燥，闪一个空，一棍把那妖精打落下来，乃是一只花鞋。行者晓得中了他计，连忙转身来看师父。那有个师父？只见那呆子和沙僧口里呜哩呜哪说甚么。行者怒气填胸，也不管好歹，捞起棍来一片打，连声叫道：『打死你们！打死你们！』那呆子慌得走也没路；沙僧却是个灵山大将，见得事多，就软款温柔，近前跪下道：『兄长，我知道了。想你要打杀我两个，也不去救师父，径自回家去哩。』行者道：『我打杀你两个，我自去救他！』沙僧笑道：『兄长说那里话！无我两个，真是「单丝不线，孤掌难鸣。」兄啊，这行囊、马匹，谁与看顾？宁学管鲍分金，休仿孙庞斗智。自古道：「打虎还得亲兄弟，上阵须教父子兵。」望兄长且饶打，待天明和你同心戮力，寻师去也。』

行者虽是神通广大，却也明理识时。见沙僧苦苦哀告，便就回心道：『八戒，沙僧，你都起来。明日找寻师父，却要用力。』那呆子听见饶了，恨不得天也许下半边，道：『哥啊，这个都在老猪身上。』兄弟们思思想想，那曾得睡，恨不得点头唤出扶桑日，一口吹散满天星。

三众只坐到天晓，收拾要行，早有寺僧拦门来问：『老爷那里去？』行者笑道：『不好说。昨日对众夸口，说与他们拿妖精，妖精未曾拿得，倒把我个师父不见了。我们寻师父去哩。』众僧害怕道：『老爷，小可的事，倒带累老师；却往那里去寻？』行者道：『有处寻他。』众僧又道：『既去莫忙，且吃些早斋。』连忙的端了两三盆汤饭。八戒尽力吃个干净，道：『好和尚！我们寻着师父，再到你这里来耍子。』行者道：『还到这里吃他饭哩！你去天王殿里看看那女子在否。』众僧道：『老爷，不在了，不在了。自是当晚宿了一夜，第二日就不见了。』

行者喜喜欢欢的辞了众僧，着八戒、沙僧牵马挑担，径回东走。八戒道：『哥哥差了。怎么又往东行？』行者道：『你岂知道！前日在那黑松林绑的那个女子，老孙火眼金睛，把他认透了，你们都认做好人。今日吃和尚的也是他，摄师父的也是他！你们救得好女菩萨！今既摄了师父，还从旧路上找寻去也。』二人叹服道：『好，好，好！真是粗中有细！去来！去来！』

三人急急到于林内，只见那：

云蔼蔼，雾漫漫；石层层，路盘盘。狐踪兔迹交加走，虎豹豺狼往复钻。林内更无妖怪影，不知三藏在何端。

行者心焦，掣出棒来，摇身一变，变作大闹天宫的本相，三头六臂，六只手，理着三根棒，在林里辟哩拨喇的乱打。八戒见了道：『沙僧，师兄着了恼，寻不着师父，弄做个气心风了。』原来行者打了一路，打出两个老头儿来！一个是山神，一个是土地。上前跪下道：『大圣，山神、土地来见。』八戒道：『好灵根啊！打了一路，打出两个山神、土地；若再打一路，连太岁都打出来也。』行者问道：『山神、土地，汝等这般无礼！在此处专一结伙强盗，强盗得了手，买些猪羊祭赛你，又与妖精结掳，打伙儿把我师父摄来，如今藏在何处？快快的从实供来，免打！』二神慌了道：『大圣错怪了我耶。妖精不在小神山上，不伏小神管辖。但只夜间风响处，小神略知一二。』行者道：『既知，一一说来！』土地道：『那妖精摄你师父去，在那正南下，离此有千里之遥。那厢有座山，唤做陷空山。山中有个洞，叫做无底洞。是那山里妖精，到此变化摄去也。』行者听言，暗自惊心，喝退了山神、土地，收了法身，现出本相与八戒、沙僧道：『师父去得远了。』八戒道：『远便腾云赶去！』

好呆子，一纵狂风先起，随后是沙僧驾云。那白马原是龙子出身，驮了行李，也踏了风雾。大圣即起筋斗，一直南来。不多时，早见一座大山，阻住云脚。三人采住马，都按定云头。见那山：

顶摩碧汉，峰接青霄。周围杂树万万千，来往飞禽喳喳噪。虎豹成阵走，獐鹿打丛行。向阳处，琪花瑶草馨香；背阴方，腊雪顽冰不化。崎岖峻岭，削壁悬崖。直立高峰，湾环深涧。松郁郁，石磷磷，行人见了悚其心。

黑松林三众寻师

八戒道：『哥啊，这山如此崄峻，必有妖邪。』行者道：『不消说了。「山高原有怪，岭峻岂无精！」』叫：『沙僧，我和你且在此，着八戒先下山凹里打听打听看那条路好走，端的可有洞府，再看是那里开门，俱细细打探，我们好一齐去寻师父救他。』

打柴樵子全无影，采药仙童不见踪。眼前虎豹能兴雾，遍地狐狸乱弄风。

八戒道：『哥啊，这山如此崄峻，必有妖邪。』行者道：『不消说了。「山高原有怪，岭峻岂无精！」』叫：『沙僧，我和你且在此，着八戒先下山凹里打听打听看那条路好走，端的可有洞府，再看是那里开门，俱细细打探，我们好一齐去寻师父救他。』八戒道：『老猪晦气！先拿我顶缸！』行者道：『你夜来说都在你身上，如何打仲？』八戒道：『不要嚷，等我去。』呆子放下钯，抖抖衣裳，空着手，跳下高山，找寻路径。这一去，毕竟不知好歹如何，且听下回分解。

姹女求阳

妖精挽着三藏，行近草亭道：『长老，我办了一杯酒，和你酌酌。』唐僧道：『娘子，贫僧自不用荤。』妖精道：『我知你不吃荤，因洞中水不洁净，特命山头上取阴阳交媾的净水，做些素果素菜筵席，和你耍子。』

第八十二回　姹女求阳　元神护道

却说八戒跳下山，寻着一条小路。依路前行，有五六里远近，忽见两个女怪，在那井上打水。他怎么认得是两个女怪？见他头上戴一顶一尺二三寸高的篾丝鬏髻，甚不时兴。呆子走近前，叫声：『妖怪。』那怪闻言大怒，两人互相说道：『这和尚惫懒！我们又不与他相识，平时又没有调得嘴惯，他怎么叫我们做妖怪！』那怪恼了，轮起抬水的杠子，劈头就打。

这呆子手无兵器，遮架不得，被他捞了几下，侮着头跑上山来道：『哥啊，回去罢！妖怪凶！』行者道：『怎么凶？』八戒道：『山凹里两个女妖精在井上打水，我只叫了他一声，就被他打了我三四杠子！』行者道：『你叫他做甚么的？』八戒道：『我叫他做妖怪。』行者笑道：『打得还少。』八戒道：『谢你照顾！头都打肿了，还说少哩！』行者道：『「温柔天下去得，刚强寸步难移。」他们是此地之怪，我们是远来之僧，你一身都是手，也要略温存。你就去叫他做妖怪，他不打你，打我？「人将礼乐为先。」』八戒道：『一发不晓得！』行者道：『你自幼在山中吃人，你晓得有两样木么？』八戒道：『不知。是甚么木？』行者道：『一样是杨木，一样是檀木。杨木性格甚软，巧匠取来，或雕圣像，或刻如来，装金立粉，嵌玉装花，万人烧香礼拜，受了多少无量之福。那檀木性格刚硬，油房里取了去，做榨撒，使铁箍箍了头，又使铁锤往下打，只因刚强，所以受此苦楚。』八戒道：『哥啊，你这好话儿，早与我说说也好，却不受他打了。』行者道：『你还去问他个端的。』八戒道：『这去他认得我了。』行者道：『你变化了去。』八戒道：『哥啊，且如我变了，却怎么问么？』行者道：『你变了去，到他跟前，行个礼儿，看他多大年纪：若与我们差不多，叫他声「姑娘」；若比我们老些儿，叫他声「奶奶」。』八戒笑道：『可是蹭蹬！这般许远的田地，认得是甚么亲！』行者道：『不是认亲，要套他的话哩。若是他拿了师父，就好下手；若不是他，却不误了我们别处干事？』八戒道：『说得有理，等我再去。』

好呆子，把钉钯撒在腰里，下山凹，摇身一变，变做个黑胖和尚。摇摇摆摆，走近怪前，深深唱个大喏道：『奶奶，贫僧稽首了。』那两个喜道：『这个和尚却好，会唱个喏儿，又会称道一声儿。』问道：『长老，那里来的？』八戒道：『那里来的。』又问：『那里去的？』又道：『那里去的。』又问：『你叫做甚么名字？』又答道：『我叫做甚么名字。』那怪笑道：『这和尚好便好，只是没来历，会说顺口话儿。』八戒道：『奶奶，你们打水怎的？』那怪道：『和尚，你不知道，我家老夫人今夜里摄了一个唐僧在洞内，要管待他；我洞中水不干净，差我两个来此打这阴阳交媾的好水，安排素果素菜的筵席，与唐僧吃了，晚间要成亲哩。』

那呆子闻得此言，急抽身跑上山叫：『沙和尚，快拿将行李来，我们分了罢！』沙僧道：『二哥，又分怎的？』

八戒道：『分了便你还去流沙河吃人，我去高老庄探亲，哥哥去花果山称圣，白龙马归大海成龙。师父已在这妖精洞内成亲哩！我们都各安生理去也！』行者道：『这呆子又胡说了！』八戒道：『你的儿子胡说！才那两个抬水的妖精说，安排素筵席与唐僧吃了成亲哩！』行者道：『那妖精把师父困在洞里，师父眼巴巴的望我们去救，你却在此说这样话！』八戒道：『怎么救？』行者道：『你两个牵着马，挑着担，我们跟着那两个女怪，做个引子，引到那门前，一齐下手。』

真个呆子只得随行。行者远远的标着那两怪，渐入深山，有一二十里远近，忽然不见。八戒惊道：『师父是日里鬼拿去了！』行者道：『你好眼力！怎么就看出他本相来？』八戒道：『那两个怪，正抬着水走，忽然不见，却不是个日里鬼？』行者道：『想是钻进洞去了。等我去看。』

好大圣，急睁火眼金睛，漫山看处，果然不见动静。只见那陡崖前，有一座玲珑剔透细妆花、堆五采、三檐四簇的牌楼。他与八戒、沙僧近前观看，上有六个大字，乃『陷空山无底洞』。行者道：『兄弟呀，这妖精把个架子支在这里，还不知门向那里开哩。』沙僧说：『不远，不远！好生寻！』都转身看时，牌楼下，山脚下有一块大石，约有十余里方圆；正中间有缸口大的一个洞儿，爬得光溜溜。八戒道：『哥啊，这就是妖精出入洞也。』行者看了道：『怪哉！我老孙自保唐僧，瞒不得你两个，妖精也拿了些，却不见这样洞府。八戒，你先下去试试，看有多少浅深，我好进去救师父。』八戒摇头道：『这个难，这个难！我老猪身子夯夯的，若塌了脚吊下去，不知二三年可得到底哩！』行者道：『就有多深么？』八戒道：『你看！』大圣伏在洞边上，仔细往下看处咦！深啊！周围足有三百余里，回头道：『兄弟，果然深得紧！』八戒道：『你便回去罢。师父救不得耶！』行者道：『你说那里话，「莫生懒惰意，休起怠荒心」。且将行李歇下，把马拴在牌楼柱上，你使钉钯，沙僧使杖，拦住洞门，让我进去打听打听。若师父果在里面，我将铁棒把妖精从里打出，跑至门口，你两个却在外面挡住：这是里应外合。打死精灵，才救得师父。』二人遵命。

行者却将身一纵，跳入洞中，足下彩云生万道，身边瑞气护千层。不多时，到于深远之间，那里边明明朗朗，一般的有日色，有风声，又有花草果木。行者喜道：『好去处啊！想老孙出世，天赐与水帘洞，这里也是个洞天福地！』

正看时，又见有一座二滴水的门楼，团团都是松竹，内有许多房舍。又想道：『此必是妖精的住处了。我且到那里边去打听打听。——且住！若是这般去啊，他认得我了，且变化了去。』摇身捻诀，就变做个苍蝇儿，轻轻的飞在门楼上听听。只见那怪高坐在草亭内。他那模样，比在松林里救他，寺里拿他，便是不同，越发打扮得俊了：

发盘云髻似堆鸦，身着绿绒花比甲。一对金莲刚半折，十指如同春笋发。团团粉面若银盆，朱唇一似樱桃滑。端端正正美人姿，月里嫦娥还喜恰。今朝拿住取经僧，便要欢娱同枕榻。

行者且不言语，听他说甚话。少时，绽破樱桃，喜孜孜的叫道：『小的们，快排素筵席来，我与唐僧哥哥吃了成亲。』行者暗笑道：『真个有这话！我只道八戒作耍子乱说哩！等我且飞进去寻寻，看师父在那里。不知他的心性如何。假若被他摩弄动了啊，留他在这里也罢。』即展翅，飞到里边看处，那东廊下上明下暗的红纸格子里面，坐着唐僧哩。

行者一头撞破格子眼，飞在唐僧光头上丁着，叫声：『师父。』三藏认得声音，叫道：『徒弟，救我命啊！』行者道：『师父不济呀，那怪精安排筵宴，与你吃了成亲哩。或生下一男半女，也是你和尚之后代，你愁怎的？』长老闻言，咬牙切齿道：『徒弟，我自出了长安，到两界山中收你，一向西来，那个时辰动荤？那一日子有甚歪意？今

被这妖精拿住，要求配偶，我若把真阳丧了，我就身堕轮回，打在那阴山背后，永世不得翻身！』行者笑道：『莫发誓。既有真心往西天取经，老孙带你去罢。』三藏道：『进来的路儿，我通忘了。』行者道：『莫说你忘了。他这洞，不比走进来走出去的，是打上头往下钻。如今救了你，要打底下往上钻。若是造化高，钻着洞口儿，就出去了；若是造化低，钻不着，还有个闷杀的日子了。』三藏满眼垂泪道：『似此艰难，怎生是好？』行者道：『没事，没事。那妖精整治酒与你吃，没奈何，也吃他一钟；只要斟得急些儿，斟起一个喜花儿来，等我变作个蟭蟟虫儿，飞在酒泡之下，他把我一口吞下肚去，我就捻破他的心肝，扯断他的肺腑，弄死那妖精，你才得脱身出去。』三藏道：『徒弟，这等说，只是不当人子。』行者道：『只管行起善来，你命休矣。妖精乃害人之物，你惜他怎的！』三藏道：『也罢，也罢，你只是要跟着我。』正是那孙大圣护定唐三藏，取经僧全靠着美猴王。

他师徒两个，商量未定，早是那妖精安排停当，走近东廊外，开了门锁，叫声：『长老。』唐僧不敢答应。又叫一声，又不敢答应。他不敢答应者何意？想着：『口开神气散，舌动是非生』。却又一条心儿想着，若死住法儿不开口，怕他心狠，顷刻间就害了性命。正是那进退两难心问口，三思忍耐口问心。正自狐疑，那怪又叫一声：『长老。』唐僧没奈何，应他一声道：『娘子，有。』那长老应出这一句言来，真是肉落千斤。人都说唐僧是个真心的和尚，往西天拜佛求经，怎么与这女妖精答话？不知此时正是危急存亡之秋，万分出于无奈，虽是外有所答，其实内无所欲。

妖精见长老应了一声，他推开门，把唐僧搀起来，和他携手挨背，交头接耳，你看他做出那千般娇态，万种风情，岂知三藏一腔子烦恼。行者暗中笑道：『我师父被他这般哄诱，只怕一时动心。』正是：

真僧魔苦遇娇娃，妖怪娉婷实可夸。

淡淡翠眉分柳叶，盈盈丹脸衬桃花。
绣鞋微露双钩凤，云髻高盘两鬓鸦。
含笑与师携手处，香飘兰麝满袈裟。

妖精挽着三藏，行近草亭道：『长老，我办了一杯酒，和你酌酌。』唐僧道：『娘子，贫僧自不用荤。』妖精道：『我知你不吃荤，因洞中水不洁净，特命山头上取阴阳交媾的净水，做些素果素菜筵席，和你耍子。』唐僧跟他进去观看，果然见那：

盈门下，绣缠彩结；满庭中，香喷金猊。摆列着黑油垒钿桌，朱漆篾丝盘。垒细桌上，有异样珍羞；篾丝盘中，盛稀奇素物。林檎橄榄，莲肉、葡萄，榧柰榛松，荔枝龙眼，山栗风菱，枣儿柿子，胡桃银杏，金桔香橙。果子随山有，蔬菜更时新。豆腐面筋，木耳鲜笋，蘑菇香蕈，山药黄精。石花菜，黄花菜，青油煎炒；扁豆角，江豆角，熟酱调成。王瓜瓠子，白果蔓菁。镟皮茄子鹌鹑做，剔种冬瓜方旦名。烂煨芋头糖拌着，白煮萝卜醋浇烹。椒姜辛辣般般美，咸淡调和色色平。

那妖精露尖尖之玉指，捧晃晃之金杯，满斟美酒，递与唐僧，口里叫道：『长老哥哥，妙人，请一杯交欢酒儿。』三藏羞答答的，接了酒，望空浇奠，心中暗祝道：『护法诸天、五方揭谛、四值功曹：弟子陈玄奘，自离东土，蒙观世音菩萨差遣列位众神暗中保护，拜雷间，见佛求经，今在途中，被妖精拿住，强逼成亲，将这一杯酒递与我吃。此酒果是素酒，弟子勉强吃了，还得见佛成功；若是荤酒，破了弟子之戒，永堕轮回之苦！』孙大圣，他却变得轻巧，在耳根后，若像一个耳报；但他说话，惟三藏听见，别人不闻。他知师父平日好吃葡萄做的素酒，教吃他一钟。那师父没奈何吃了，急将酒满斟一钟，回与妖怪。果然斟起一个喜花儿。行者变作个蟭蟟虫儿，轻轻的飞入喜花之下。那妖精接在手，且不吃，把杯儿放住，与唐僧拜了两拜，口里娇娇怯怯，叙了几句情话。却才举杯，那花儿已散，就露出虫来。妖精也认不得是行者变的，只以为虫儿，用小指挑起，往下一弹。

行者见事不谐，料难入他腹，即变做个饿老鹰。真个是：

玉爪金睛铁翮，雄姿猛气抟云。妖狐狡兔见他昏，千里山河时遁。饥处迎风逐雀，饱来高贴天门。老拳钢硬最伤人，得志凌霄嫌近。

飞起来，轮开玉爪，响一声掀翻桌席，把些素果素菜，盘碟家火，尽皆捽碎，撇却唐僧，飞将出去。唬得妖精心胆皆裂，唐僧的骨肉通酥。妖精战战兢兢，搂住唐僧道：『长老哥哥，此物是那里来的？』三藏道：『贫僧不知。』妖精道：『我费了许多心，安排这个素宴与你耍耍，却不知这个扁毛畜生，从那里飞来，把我的家火打碎！』众小妖

姹女求阳
元神护道

这妖精开了格子，搀出唐僧。你看那许多小妖，都是油头粉面，袅娜娉婷，簇簇拥拥，与唐僧径上花园而去。好和尚！他在这绮罗队里无他故，锦绣丛中作哑聋。若不是这铁打的心肠朝佛去，第二个酒色凡夫也取不得经。一行都到了花园之外。

道：『夫人，打碎家火犹可，将些素品都泼散在地，秽了怎用？』三藏分明晓得是行者弄法，他那里敢说。那妖精道：『小的们，我知道了。想必是我把唐僧困住，天地不容，故降此物。你们将碎家火拾出去，另安排些酒肴，不拘荤素，我指天为媒，指地作订，然后再与唐僧成亲。』依然把长老送在东廊里坐下不题。

却说行者飞出去，现了本相，到于洞口，叫声：『开门！』八戒笑道：『沙僧，哥哥来了。』他二人撒开兵器。行者跳出，八戒上前扯住道：『可有妖精？可有师父？』行者道：『有，有，有。』八戒道：『师父在里边受罪哩？绑着是捆着？要蒸是要煮？』行者道：『这个事倒没有，只是安排素宴，要与他干那个事哩。』八戒道：『你造化，你造化，你吃了陪亲酒来了！』行者道：『呆子啊！师父的性命也难保，吃甚么陪亲酒！』八戒道：『你怎的就来了？』行者把见唐僧施变化的上项事说了一遍，道：『兄弟们，再休胡思乱想。师父已在此间，老孙这一去，一定救他出来。』

复翻身入里面，还变做个苍蝇儿，丁在门楼上听之。只闻得这妖怪气呼呼的，在亭子上吩咐：『小的们，不论荤素，拿来烧纸。借烦天地为媒订，务要与他成亲。』

行者听见，暗笑道：『这妖精全没一些儿廉耻！青天白日的，把个和尚关在家里摆布。且不要忙，等老孙再进去看看。』『嘤』的一声，飞在东廊之下，见那师父坐在里边，清滴滴腮边泪淌。行者钻将进去，丁在他头上，又叫声『师父。』长老认得声音，跳起来，咬牙恨道：『猢狲啊！别人胆大，还是身包胆；你的胆大，就是胆包身！你弄变化神通，打破家火，能值几何！斗得那妖精淫兴发了，那里不分荤素安排，定要与我交媾，此事怎了！』行者暗中陪笑道：『师父莫怪，有救你处。』唐僧道：『那里救得我？』

行者道：『我才一翅飞起去时，见他后边有个花园。你哄他往园里去耍子，我救了你罢。』唐僧道：『园里怎么样救？』行者道：『你与他到园里，走到桃树边，就莫走。等我飞上桃枝，变作个红桃子。你要吃果子，先拣红的儿摘下来。红的是我。他必然也要摘一个，你把红的定要让他。他若一口吃了，我却在他肚里，等我捣破他的皮袋，扯断他的肝肠，弄死他，你就脱身了。』三藏道：『你若有手段，就与他赌斗便了；只要钻在他肚里怎么？』行者道：『师父，你不知趣。他这个洞，若好出入，便可与他赌斗，只为出入不便，曲道难行，若就动手，他这一窝子，老老小小，连我都扯住，却怎么了？须是这般拃手干。大家才得干净。』三藏点头听信，只叫：『你跟定我。』行者道：『晓得，晓得，我在你头上。』

师徒们商量定了，三藏才欠起身来，双手扶着那格子，叫道：『娘子，娘子。』那妖精见了，笑唏唏的跑近跟前道：『妙人哥哥，有甚话说？』三藏道：『娘子，我出了长安，一路西来，无日不山，无日不水。昨在镇海寺投宿，偶得伤风重疾，今日出了汗，略才好些；又蒙娘子盛情，携入仙府，只得坐了这一日，又觉心神不爽。你带我往那里略散散心，耍耍儿去么？』那妖精十分欢喜道：『妙人哥哥倒有些兴趣。我和你去花园里耍耍。』叫：『小的们，拿钥匙来开了园门，打扫路径。』众妖都跑去开门收拾。

这妖精开了格子，搀出唐僧。你看那许多小妖，都是油头粉面，袅娜娉婷，簇簇拥拥，与唐僧径上花园而去。好和尚！他在这绮罗队里无他故，锦绣丛中作哑聋。若不是这铁打的心肠朝佛去，第二个酒色凡夫也取不得经。一行都到了花园之外。那妖精俏语低声叫道：『妙人哥哥，这里耍耍，真可散心释闷。』唐僧与她携手相搀，同入园内，抬头观看，其实好个去处。但见那：

索回曲径，纷纷尽点苍苔；窈窕绮窗，处处暗笼绣箔。微风初动，轻飘飘展开蜀锦吴绫；细雨才收，娇滴滴露出冰肌玉质。目灼鲜杏，红如仙子晒霓裳；月映芭蕉，青似太真摇羽扇。粉墙四面，万株杨柳啭黄鹂；闲馆周围，满院海棠飞粉蝶。更看那凝香阁、青蛾阁、解酲阁、相思阁，层层卷映，朱帘上，钩控虾须；又见那养酸亭、披素亭、画眉亭、四雨亭，个个峥嵘，华扁上，字书鸟篆。看那浴鹤池、洗觞池、怡月池、濯缨池，青萍绿藻耀金鳞；又有墨花轩、异箱轩、适趣轩、慕云轩，玉斗琼卮浮绿蚁。池亭上下，有太湖石、紫英石、鹦落石、锦川石，青青栽着虎须蒲，轩阁东西，有木假山、翠屏山、啸风山、玉芝山，处处丛生凤尾竹。荼蘼架、蔷薇架，近着秋千架，浑如锦帐罗帏；松柏亭、辛夷亭，对着木香亭，却似碧城绣幙。芍药栏，牡丹丛，朱朱紫紫斗秾华；夜合台，茉藜槛，岁岁年年生妩媚。涓涓滴露紫含笑，堪画堪描，艳艳烧空红拂桑，宜题宜赋。论景致，休夸阆苑蓬莱；较芳菲，不数姚黄魏紫。若到三春闲斗草，园中只少玉琼花。

长老携着那怪，步赏花园，看不尽的奇葩异卉。行过了许多亭阁，真个是渐入佳境。忽抬头，到了桃树林边，行者把师父头上一掐，那长老就知。

行者飞在桃树枝儿上，摇身一变，变作个红桃儿，其实红得可爱。长老对妖精道：『娘子，你这苑内花香，枝头果熟。苑内花香蜂竞采，枝头果熟鸟争衔。怎么这桃树上果子青红不一，何也？』妖精笑道：『天无阴阳，日月不明；地无阴阳，草木不生；人无阴阳，不分男女。这桃树上果子，向阳处，有日色相烘者先熟，故红；背阴处无日者还生，故青：此阴阳之道理也。』三藏道：『谢娘子指教。其实贫僧不知。』即向前伸手摘了个红桃。妖精也去摘了一个青桃。三藏躬身将红桃奉与妖怪道：『娘子，你爱色，请吃这个红桃，拿青的来我吃。』妖精真个换了。且暗喜道：『好和尚啊，果是个真人！一日夫妻未做，却就有这般恩爱也。』那妖精喜喜欢欢的，把唐僧亲敬。这唐僧把青桃拿过来吃。那妖精喜相陪，把红桃儿张口便咬。启朱唇，露银牙，未曾下口，原来孙行者十分性急，毂辘一个跟头，翻入他咽喉之下，径到肚腹之中。妖精害怕，对三藏道：『长老啊，这个果子利害。怎么不容咬破，就滚下去了？』三藏道：『娘子，新开园的果子爱吃，所以去得快了。』妖精道：『未曾吐出核子，他就撺下去了。』三藏道：『娘子意美情佳，喜吃之甚，所以不及吐核，就下去了。』

行者在他肚里，复了本相。叫声：『师父，不要与他答嘴，老孙已得了手也！』三藏道：『徒弟方便着些。』妖精听见道：『你和那个说话哩？』三藏道：『和我徒弟孙悟空说话哩。』妖精道：『孙悟空在那里？』三藏道：『在你肚里哩。却才吃的那个红桃子不是？』妖精慌了道：『罢了，罢了！这猴头钻在我肚里，我是死也！孙行者！你千方百计的钻在我肚里怎的？』行者在里边恨道：『也不怎的！只是吃了你的六叶连肝肺、三毛七孔心，五脏都淘净，弄做个梆子精！』妖精听说，唬得魂飞魄散，战战兢兢的，把唐僧抱住道：『长老啊！我只道：

夙世前缘系赤绳，鱼水相和两意浓。

元神护道

好妖精，一纵云光，直到洞口。又闻得叮叮当当，兵刃乱响。三藏道：『徒弟，外面兵器响哩。』行者道：『是八戒揉钯哩。你叫他一声。』三藏便叫：『八戒！』八戒听见道：『沙和尚！师父出来也！』二人掣开钯杖，妖精把唐僧驮出。

不料鸳鸯今拆散，何期鸾凤又西东！
蓝桥水涨难成事，佛庙烟沉嘉会空。
着意一场今又别，何年与你再相逢！』

行者在他肚里听见说时，只怕长老慈心，又被他哄了。便就轮拳跳脚，支架子，理四平，几乎把个皮袋儿捣破了。那妖精忍不住疼痛，倒在尘埃，半晌家不敢言语。行者见不言语，想是死了，却把手略松一松。他又回过气来，叫：『小的们，在那里？』原来那些小妖，自进园门来，各人知趣，都不在一处，各自去采花斗草，任意随心耍子，让那妖精与唐僧两个自在叙情儿。忽听得叫，却才都跑将来。又见妖精倒在地上，面容改色，口里哼哼的爬不动，连忙搀起，围在一处道：『夫人，怎的不好？想是急心疼了？』妖精道：『不是！不是！你莫要问，我肚里已有了人也！快把这和尚送出去，留我性命！』那些小妖，真个都来扛抬。行者在肚里叫道：『那个敢抬！要便是你自家献我师父出去，出到外边，我饶你命！』那怪精没计奈何，只是惜命之心，急挣起来，把唐僧背在身上，拽开步，往外就走。小妖跟随道：『老夫人，往那里去？』妖精道：『「留得五湖明月在，何愁没处下金钩！」把这厮送出去，等我别寻一个头儿罢！』

好妖精，一纵云光，直到洞口。又闻得叮叮当当，兵刃乱响。三藏道：『徒弟，外面兵器响哩。』行者道：『是八戒揉钯哩。你叫他一声。』三藏便叫：『八戒！』八戒听见道：『沙和尚！师父出来也！』二人掣开钯杖，妖精把唐僧驮出。咦！正是：

心猿里应降邪怪，土木司门接圣僧。

毕竟不知那妖精性命如何，且听下回分解。